我和时光在一起

林小宅◎著

time flying with me

文化发展出版社
Cultural Development Press

图书在版编目（CIP）数据

我和时光在一起 / 林小宅著. — 北京 : 文化发展出版社有限公司, 2017.9
ISBN 978-7-5142-1942-5

Ⅰ. ①我… Ⅱ. ①林… Ⅲ. ①散文集－中国－当代 Ⅳ. ① I267

中国版本图书馆 CIP 数据核字 (2017) 第 233358 号

我和时光在一起

作　　者：林小宅

出 版 人：武　赫
责任编辑：肖润征
产品经理：杨郭君
监　　制：白　丁
出版发行：文化发展出版社（北京市翠微路 2 号）
网　　址：www.wenhuafazhan.com
经　　销：各地新华书店
印　　刷：北京盛通印刷股份有限公司

开　　本：880mm×1270mm　1/32
字　　数：90 千字
印　　张：6
版　　次：2017 年 11 月第 1 版
印　　次：2017 年 12 月第 2 次印刷
定　　价：39.80 元
I S B N：978-7-5142-1942-5

CONTENTS

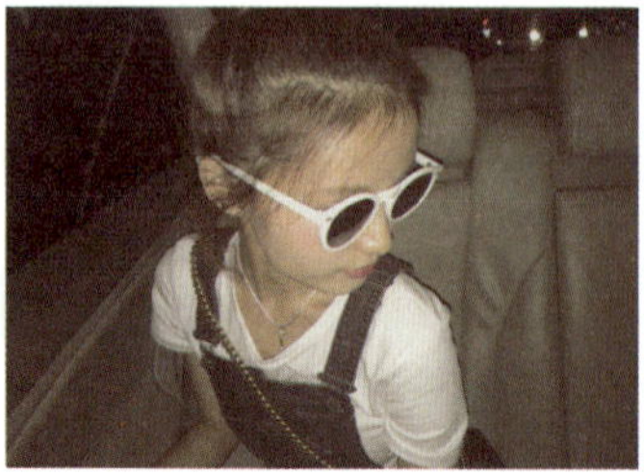

● 亲爱的你们

● 我不管，我就是要去看世界

● 向日宅物

INSIST ON BEING YOURSELF

坚持做自己，

不要怕别人的目光，

你总有一天，

能成长为自己喜欢的样子。

希望我们都能拥抱最好的自己，加油！

想要说在前面的话

现在，外面的夜已经很深了，我还趴在电脑的键盘上，强睁着已经被困意折磨到麻木的眼皮，努力敲字，为我的这本新书写序言。

我小时候对于长大了要做的事情有过很多想象，我想过自己会成为一个舞蹈高手，就是那种随便就能来个一字马，凌空一转就是720度那种的；我还想过要做一名漫画家，因为我很喜欢看漫画，看着看着就觉得有一天自己也能画出让别人喜欢的漫画，那一定是件很不错的事情。就是没有想到过有朝一日，我居然会埋头写书，这是我活了二十多年完全没想到的事。了解我的人都很清楚的，我不擅长写文字，平时虽然也爱看书，但从没尝试过写东西，所以，这一次当出版社的编辑找到我，希望我能写一本和自己有关的书时，我的第一反应就是想问问编辑是不是认错人了，怎么会找我来写书呢？好吧，反正也是一次很好的机会！我就厚着脸皮开始准备写这本书了。

每天忙完手里的事情，我就尝试着在电脑前坐下，把自己脑子里的东西搜刮出来，一点儿一点儿将我的生活、想法记录下来。

我想说的是，这对于我来

说真的挺难的，我是一个简单、直接的女孩，常常想到什么就说什么，有的时候，脑子还没转过来，话已经从嘴巴里冲出来了。让我每天安安静静地坐下来写文章，这件事情，我光想一想，都觉得挺泄气的，因为我不知道自己能不能完成写书这个艰巨的任务。但

是，转念又一想，做事情总要做一些有挑战性的才有趣，如果总是做自己擅长的，那挺没意思的。于是，不管我每天有多不情愿，都会强迫自己坐到电脑前码字，绞尽脑汁地想一想，今天要写点儿什么出来。

刚开始，常常在电脑前呆坐好几个钟头，两眼瞪着空白

的文档发直，实在不知道该怎么下笔。我妈有时候推开我的房门会吓一跳，以为我癔症了。甚至想到要写文字就头疼，后来情况好多了，我不发呆了，开始看电影、刷剧、打游戏……总之，我就是写不出来。我的生活其实挺平淡的，或者可以说有点儿无聊，没有那些惊心动魄的惊险故事发生，我也不像那些成功的精英人士，有那么多吸引人的波折、坎坷可写。

我和编辑说我不想写了，我写不出来，编辑劝我别轻易放弃，但是我死活也不想打开Word文档了。就在我打定主

意要耍赖到底，不管怎么样都不写的时候，编辑对我说的一句话让我改变了想法，他说：“其实找你写书本来也没打算让你写什么丰功伟绩啊，就是想让你讲一讲自己的生活，让喜欢你的人看到平时的林小宅是什么样子的，这就是出这本书的目的啊。”

于是，我又答应了下来，像蜗牛爬一样，完成了这本书。在写完最后一个字的时候，我长长地松了一口气，光准备这本书就准备了整整两年，我终于做完了一直以来我认为自己不可能做到的事情，这本书不一定是最好的，却是我用最大的心力完成的。

我不会讲一些伟大的人生道理，也不懂说什么特别华丽

的词语，难道这样的我，就不能出书吗？在这本书里，我想写一写始终爱我的家人，我可爱的朋友们，一直陪在我身边的狗狗和猫咪，分享自己化妆和做头发的经验，还有出去旅行的见闻和感受。这些虽然都是我生活中很小的事情，但正是这一点一滴，组成了我生活的全部，我希望能够通过这本书，让喜欢我、关注我的你们，能够了解到在网络世界之外的那个我。

许多人都认为我是幸运的、成功的，认为我出乎意料地得到了许多。其实，我想说的是，在我看来，根本没有什么所谓的成功，并不是挣到了钱、有车有房就是成功的标准。我觉得拥有自己满意的生活状态才是最好的人生，用自己的方式去生活，每一个人都是幸运的，只要我们选择了适合自己的道路和方向，坚持不懈地向前走，总能拥有属于自己的自如的生活方式。

我有时也会感到茫然，不知道该做些什么，但是，我并不会心里不安，而是安心接受生命安排给我的一切。我想，我把每一件应该做好的事情做好，就算我无法确定第二天太阳升起的时候会发生什么，我的心里也不会发慌。

最后，我要谢谢我的编辑对我在写这本书时给予的帮助和建议。谢谢我身边的朋友和亲人给我的鼓励和支持，还有我的粉丝们天天督促我，因为有了他们参与我的人生，我写出的故事才会这么有趣。更要谢谢将来能看到这本书的你们，因为有你们的支持，我才能在每个深夜坚持码字，把自己的故事勇敢地分享出来。

这本书终于磕磕绊绊地写完了，虽然还是很没有底气，但一想到不久后的某一天，喜欢我的你们会看到这本书，心里还是会有小小的激动。希望你们不要嫌弃我写得太啰嗦，也不要笑话我的文笔太幼稚，书里写的内容，都是我想讲的话，能把自己的心情一一展现给你们看，让你们了解到一个更加真实的我，同时也能在看过这本书之后，觉得生活中多了一点点小小的美好，大概就是我想通过这本书所要做到的事情吧。

最后的最后，我还想说，坚持做自己，不要怕别人的目光，总有一天，你能成长为自己喜欢的样子。

希望我们都能拥抱最好的自己，加油！

自己和自己玩的少女

长大以后会发现，世界没有小时候以为的那么简单，

小的时候想要一根棒棒糖，使劲跟爸妈撒娇就可以得到了；

长大以后，想要自己喜欢的东西，

就必须自己努力付出，通过自己的努力去得到。

但我觉得这样是很公平的啊，

长成大人了，当然就需要自己对自己负责任了，

这没有什么可抱怨的。

爱睡觉的女孩子

我爱睡懒觉，常常会睡很久，一觉醒来天昏地暗。虽然感到有点儿脸红，但我还是想说，这也算一项本领吧，哈哈！

总听到人们说，爱笑的女孩运气总不会太差。但是我更觉得，爱睡觉并且爱笑的女孩，运气一定会好到爆吧。

但说实话，我并没有觉得自己有多么大的好运气，其实我只是恰好做了自己喜欢做的事情而已。开淘宝店是读书的时候就决定要做的事情，那个时候并没有想太多，只是心血来潮，而且当时觉得开淘宝店也不复杂，所以就做了这个事情，之后便一边读书，一边开店，刚开始坚持开店的时候，压根儿也没有想过会把这个店做多大规模，没想过做这件事情对我来说会有什么样的意义，只是当作生活中的一件小事来经营，让我觉得自己在课余时间有一份事情可以做，没有浪费时间，就是这么简单。

但是，渐渐地，我在这件打发时间的事情上得到了越来越多的乐趣，同时，我也发现自己在做这件事情的时候，越来越有想法，我想既然这样，那干脆好好做一做吧。其实，我从来都不相信运气什么的，

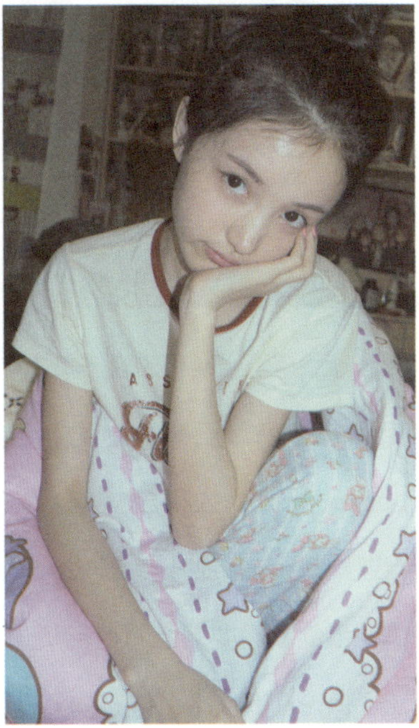

如果真的有好运气这种好事，为什么我从来没有中过彩票，也从来没有抽到过大奖呢？

所以，我觉得生活对我们都是一视同仁的，重要的是我们在面对同样的生活问题时，怎么去应对这些时刻。

我觉得对于我来说，不管是什么东西，我都希望能够通过自己的努力去获得，而不是不劳而获。每天认真地做事，不要总是去抱怨自己的生活不如别人的精彩，你要知道，在你躺着抱怨的时候，别人可是正在努力工作，可能经常会忙到夜里十一二点才走出写字楼。所以，想要实现自己的梦想，首先要学会的就是好好把

握已经握在手中的机会。

长大以后会发现，世界没有小时候以为的那么简单，小的时候想要一根棒棒糖，使劲跟爸妈撒娇就可以得到了；长大以后，想要自己喜欢的东西，就必须自己努力付出，通过自己的努力去得到。但我觉得这样是很公平的啊，长成大人了，当然就需要自己对自己负责任了，这没有什么可抱怨的。

我是一个超级大话痨，对着熟悉的朋友我心里在想什么都会和他们讲，我有开心的事情或者不开心的事情，都会马上找他们聊聊天，有的时候会吐槽一些搞笑的事情。虽然我总有很多话讲，但是偶尔遇到真的很严重、很不好的事情，我也希望自己能控制自己，不要把自己的负能量带给他们，因为他们没有办法帮我解决问题，反而会为我担心。

开心是一天，不开心也是一天，那我们为什么不开开心心地过每一天呢？

Happy every day!

对于不开心的事情，我总是特别有办法，能够迅速地消化掉它们，我会当下就在心里开导自己："会好的，一切都会过去的。"当然了，最有效的办法就是

吃东西和睡觉。我很喜欢吃火锅，吃饱了再钻进被窝里，美美地睡上一大觉，起来之后就什么都忘记了，所以，睡觉是我的独门武器。能够让我面对不开心时，迅速地开心起来。

我觉得时间过得很快的，如果把我们有限的时间浪费在不开心的事情上，那么，我们开心的时间岂不是少了很多吗？这样想一想，就会觉得太不划算了。

偶尔也会遇到一些这样的朋友：他们总是觉得自己生活得不开心，特别郁闷；和你聊天的时候，不管什么话题，他们总是能聊到让他们不开心的事情上去，而且还一定要强迫你认同他们不开心的事情的确是一件不能放下的坏事。

我接触过这样的朋友，刚开始的时候，我还会认真地安慰他们，开导他们。可是时间久了，我发现并没有什么用，他们根本没有听进去我的安慰，而且我自己在和他们聊完天之后，也会变得心情闷闷的，所以我就慢慢远离了总是抱怨的人，因为他们总是把时间浪费在抱怨上，而没想过要去做点儿什么。

我觉得他们这样抱怨，除了浪费时间，什么也改变不了。还会把身边的朋友也传染得心情不好。我要是和朋友出去玩，就尽情地大笑和聊天。一个人待着的时候，我也不会觉得没意思，因为我实在是有太多可以做的事情了。我会把我柜子里的东西统统翻出来，然后慢慢收拾一遍；或者把我的照片加以整理，修图；还会给我的娃娃摆pose，拍照……有的时候在家也可以很有趣，因为家永远是最自在的地方呀。

对于现在的生活，我特别满意；对于以后的生活，我也没有什么特别宏大的设计和规划。我不追求做个励志好青年，就想当一个用力地拥抱生活、傻傻高兴的平凡青年。

我的小房间

不工作的时候，我大多数时间都待在房间里，拍照、整理衣服、听歌……我觉得待在自己的小天地里很自在、很舒服，也很安全、很踏实。我的小窝不算大，没有什么奢华的装修；我房间无比凌乱，衣服下面放着书，书旁边堆着玩

偶，玩偶上还压着零食……

有一次我把房间拍了一张照片，发给一个朋友看，她看了照片之后，好久没有回复我。当我已经开始去忙别的事情的时候，突然看到她回复道：“每天在这样的环境里，你一定生存得很艰难吧！”

我认真地环顾了一下我的房间，我真的很想告诉她，其实我真的觉得还好啊。

我的房间总是被朋友和家人各种嫌弃，他们每天都会在我耳边说：“收拾房间，收拾房间，收拾房间……”

而我也总是告诉他们：

“我的房间真的不是乱，只是东西太多了——太多了太多了——”

我大概就是那种有收纳障碍症的人，而且还是晚期、重度的。就算我花费大力气用了好几个小时才把房间收拾整齐，也会在下一秒钟就弄得里面好像爆炸现场一样凌乱得不忍直视。每个人都有弱点，我想这方面大概就是我永远没办法弥补的弱项了吧。

有一本书叫《断舍离》，告诉大家怎样整理自己的生活，看到不需要的东西，一定不能买；堆在家里没用的东西，一定要扔掉；房间的空间一定要够大，够宽敞……

书里说通过实践断舍离，就能过简单清爽、舒适、有希望的生活。看完书后，我觉得自己被说动了，蠢蠢欲动地想要实践实践，但是几分钟之后，我就觉得书里教的办法根本没有用，根本无从下手。衣橱里的每一件衣服都是我喜欢的，丢掉哪一件也不舍得；书柜上的每一本书都是我精心选购回家的，怎么能说扔就扔掉呢；还有盒子里的娃娃、书桌上的手账……只要看到它们，我就会觉得生活充满希望；只要和它们在一起，我就觉得自己生活得舒适。如果把这些我喜欢的东西都扔掉，那我觉得自己一定会感到特别无聊，所以，我就继续让我的小房间保持“原样”。

我爸爸和我完全不同，他很爱整洁，我在家的时候常常关着门，因为知道自己的房间入不了爸爸的法眼，所以干脆就不让他看见，然后我就特别自在地把自己的房间祸害得像垃圾堆一样。但总有那么几次不凑巧，会由于一些事情，我爸爸正巧推开门看到，然后他就说什么也要帮我清理干净再出去。可是下一次我还是会搞乱，然后他会再一次孜孜不倦地帮我收拾。我们就沦陷在这样的无限循环中，无法自拔。

随着淘宝店里衣服款式越来

越多，从工厂寄到家里的衣服也越来越多，所有这些衣服都堆在我房间里，我会把它们一件一件拆封打开，摊在床上对比。所以，比起地上的垃圾来说，我的小房间更像是一个洗衣房，堆满了各式各样的衣服。

实在受不了我，爸爸会指挥我把衣服叠一叠，放整齐。每当这个时候，我总是理直气壮地告诉他，等我搬了新的工作室，就会把衣服都放到工作室去，这样我的房间就整洁了。至于现在，可以先乱着，因为反正以后也是要搬走的，到时候就又乱了。所以现在不需要整理，整理了也是白整理。

看着爸爸被我打败离去的落寞背影，我不由得想到，如果以后我的女儿也总是和我顶嘴，那我会怎么办？想到这里，我立刻觉得我未来的人生变得严峻起来了。

接下来的时间，我真的开始认真思考这个严肃的问题了。我托着下巴想了好几百条策略对付她，比如一定要端出老娘我最大的气势碾压她，或者在语速上让她没有还嘴的余地，要么我就干脆动用武力吧……

然后，我又莫名地开始担心我的女儿会长得不够漂亮，我就在网上搜各种可爱的小女孩照片，想象以后我的女儿如果也像这么漂亮，那我一定高

兴死了，一定每天想尽办法打扮她，给她买漂亮的衣服，梳好看的头发。

想象得特别兴奋的时候，我忽然反应过来，我离有一个女儿这个结果，中间还差着好几个步骤呢，顿时泄了气，觉得自己真的是想多了。于是我便一头栽倒在我堆满了衣服和杂志以及零食的床上，捧着电脑认真研究，接下来我应该给我的床头挂一串什么颜色的灯。

我的小房间，就好像是我的小王国一样，让我特别有安全感。我趴在床上看书，听歌，和朋友聊天，想着淘宝店的工作，对着电脑看电影。每天心情很好地睡到自然醒，每天晚上听着好听的歌曲入睡。待在这个房间里，我就好像待在一座坚固的城堡里，不论外面是狂风暴雨，还是烈日骄阳，我都能淡然面对，因为我清楚地知道，外面的世界不论变成什么样子，我的城堡都不会让我受到一点儿伤害。

好久以前在电视节目上看到一句话，好像是一个小品的台词，女孩子说："房子不是家，有爱才有家。"我觉得特别有道理，我每天和爸爸、妈妈住在一起，不管我把自己的房间折腾成什么样子，他们都不会说我，顶多故意装作生气，让我把房间整理一下，有一点儿女孩子房间的样子。但如果我装没听见，他们也就装没看见。

因为有了爸爸、妈妈的宠爱，所以我就特别依赖我的房间，总是想各种办法给我的房间做“造型”。有的时候，会照着公主范儿折腾，有的时候，又照着田园风格打造。每天，我把自己关在屋子里，上蹦下跳地折腾，比装修队还能闹腾，但是爸爸、妈妈从来也不会干涉我，他们对我的态度就是自己的事情自己决定，只要我觉得可以，哪怕我上天，他们也不会拦着我。

所以，我就更加肆无忌惮地买东西填满我的房间，恨不得把房间变成藏宝库。因为我知道房间是爸爸、妈妈用爱给我的守护，有他们的爱，我就可以永远在我的房间里做一个不想长大的小孩，做着不着边际的梦，做着特别不靠谱的事情。

我想好的爱情不一定是最好的，但一定是最让人心动的，在第一眼遇到的时候，就会有怦然心动的感觉。这样的爱情就像刚刚蒸好的大闸蟹，刚泡好的一杯水果茶，或者是刚出炉的布丁蛋糕，一切都刚刚好。

少 女 心

我有想过，如果到了世界末日的那一天，所有人只能带一个箱子上飞船，那我会在箱子里装什么？我掰着手指头算了算，想要塞进箱子里的东西实在太多了，别说一个箱子，给我十个箱子恐怕都装不下，最后在我不停做减法的情况下，我决定无论如何也要把我多年来的“珍藏”带上飞船。

我的“珍藏”都是我最喜欢的，有我在小店里淘的项链，有朋友从国外带给我的娃娃，还有可爱的小摆件。如果当我把这一箱子东西带上飞船，有人嘲笑我说“不带它们你会死吗”，我肯定会傲娇地使劲点头。好吧，我又被自己想象力的洪水给淹没了，不过，我真的特别珍惜这些东

西。虽然一直不想承认在自己心底住了一个小公主，但每每看到一些可爱的、萌化人的小玩意儿，就忍不住要将它们收进口袋里。一些特别好看、我特别喜欢的项链，我都舍不得戴，只是放在盒子里，没事的时候拿出来看一看，心里就觉得特别高兴，比抱着一盒子金银珠宝还要高兴。

这些东西的价值并没有多高，买的时候价钱也都不算贵，可是，它们能让我的心里暖暖的、软软的。我也不是一个小气的人，遇到自己喜欢的东西，就会多买几份，要么送给朋友，要么在微博上定期做一些活动，送给喜欢我的陌生朋友们，看到他们收到礼物，在第一时间晒图，转发微博，我就会觉得很开心。

在微博上关注我、喜欢我的人大多数是女生，可以说百分之八十都是女生，而且大部分人都还在读书的年纪，这个年纪的女孩爱做梦、爱幻想，喜欢不切实际的浪漫，还憧憬着童话世界中的美好生活。我想让她们知道，只要一直保持一颗少女心，也许幻想就能变成现实呢。

我每天都会收到一些小女生的私信，她们有些人因为考试没有考好，向我诉苦；有些人因为失恋了，找我说说心里话；还有些人因为和好朋友闹别扭吵架了，和我讲讲经过……

只要有时间，我都会看这些私信或者是@我的消息，那种感觉就好像在世界的各个角落里，都有着一个愿意和自己

交心的朋友，虽然陌生，但却温暖。

关于友情，我觉得特别重要，尤其对于女孩子来说，身边能够有几个贴心聊得来、“臭味相投”的闺蜜会感觉特别幸福。每天生活中的小心事、小烦恼都有人能够分享和倾诉，一起出去逛街，互相嘲笑对方的品位；一起去K歌，大声笑话对方唱得不在调上；一起挤在一个被窝里说悄悄话，还要嫌弃对方占的位置太多……可是当她有事情需要你的时候，你会在第一时间冲上去安慰她，保护她，这种彼此需要的感觉会让你在心里觉得不孤独。

我有几个从初中就开始一

起玩的骨灰级好闺蜜，我们在一起都特别放松。网上说对一个人最高级的信任，就是和他出门不带一分钱，我觉得我和我的闺蜜们出门，别说钱了，我连脑子都不需要带，只要跟着她们，我闭着眼睛都可以，因为她们一定会好好照顾我的。朋友是我生活中最美好的一部分，和她们在一起，让我觉得生活和未来充满了阳光。我们经常开玩笑地说：“为我们的虚假姐妹情干杯！”

至于生活上、学习中，大

家肯定都遇到过一些不开心的事情，我也不例外，比如出门去办事，结果不顺利；比如想要买的东西，被别人抢先买走了；比如高高兴兴地排队买东西，结果被人插队……

但是，这些小小的“不开心”不会影响我太久，因为我知道坏情绪不能放在心里发酵，及时释放出来就好了。

对于爱情，有的女孩会说自己失恋了，心里很难过；也

有的女孩说暗恋的男生从来没有注意过她，感到很受伤。爱情的世界本来就是很奇妙的，我感觉就像我们逛街买衣服一样，有的时候专门去买衣服，我们在心里预先设定了款式、颜色、价钱、品牌，可往往逛一天下来一无所获，没有一件能看上的。但有的时候，也许只是办事的时候路过商店的橱窗，就会为里面挂着的一件衣服停下脚步，认定那就是适合自己的。

我觉得对于爱情，不用太强求，也不用想太多，因为想那么多也没有用啊，爱情该来的时候就会来，如果机会还没来，就算你天天盼，把脖子都伸长了也撞不到。所以还是看

开点儿，随缘喽，缘分到了，一切自然就OK了。

我想好的爱情不一定是最好的，但一定是最让人心动的，在第一眼遇到的时候，就会有怦然心动的感觉。这样的爱情就像刚刚蒸好的大闸蟹，刚泡好的一杯水果茶，或者是刚出炉的布丁蛋糕，一切都刚刚好。

不管生活最后会变成什么样子，也不管我们会在生活中变成什么样子，我都希望我们能够每天开开心心的。会为了一点儿小惊喜而尖叫，能始终保持“怦怦”的少女心，会为了一朵花、一颗糖、一个始终陪在身边的朋友而觉得日子过得特别暖。

瘦身and美食

我常常在微博和朋友圈里晒美食，我觉得没有什么是比吃到好吃的食物更幸福的事情了。我爱吃这件事，大概是从小被爸爸、妈妈“喂大”造成的。爸爸、妈妈做菜、煲汤都很香，我的几个朋友来家里吃爸爸、妈妈煮的饭，都会对他们的厨艺赞不绝口。而我的爸爸、妈妈也是特别好客的家长，每一次我把朋友领回家，他们都会在厨房里忙碌好半天，然后做出一桌子特别丰盛的拿手菜招待我的朋友。

不过，朋友们也会感到好奇，为什么我每天能吃到这么好吃的饭菜，却还是那么瘦？这个原因嘛，我自己觉得是吸收不太好吧！大概是因为我读书的时候，因为离开了家，没有爸爸、妈妈的监督，就偷懒不好好吃饭，三餐不规律，有的时候懒得出门买饭，就随便抓起零食填一填肚子。时间久

了，身体就自然消瘦了。

有一次吃了泡面加汽水就犯了肠胃炎，被送到了医院。这个教训让我知道一定不能吃泡面加可乐。后来我又搬回家住，每天有爸爸妈妈做菜给我吃，他们会炖汤给我喝，还会做一些清淡的小菜。不过，我的饭量虽然也不算小，但就是一直没有胖起来，有的时候大家会和我讲："你太瘦了，这样对身体很不好的。女孩子不要盲目追求苗条。"我也知道呀，虽然这句话大家可能不大爱听，但是我还是想说：我真的想长胖一些，我也深知瘦弱的身子一点儿也不好看。

在这里，我要对总是在微博上羡慕我瘦，向我要保持身材秘诀的女孩子说，千万不要为了好身材去节食、不吃饭，那样是不健康的，会把身体搞坏的，而且更重要的是，这样做会让你的爸爸、妈妈为你担心。父母都会担心自己的小孩身体不好，所以，瘦身真的没那么重要了，健康才是最重要的，让爸爸、妈妈放心也很重要。

虽然我很爱美食，而且爸爸和妈妈的厨艺也是特别棒，但我对于厨房里的那些事情就不太精通了，可以简单地做一小桌饭，但是要我天天煮饭，那目前是不可能的啦，对我来说真的太难了！我就想一辈子吃爸爸妈妈做的饭好了。

我自己对于做菜也并没有什么特别的热情，家里人也不需要我下厨房做菜。但是有一阵子，我不知道脑子怎么被好好抽了一下，突然特别想学烘焙。我想烤出好吃的小蛋糕、小饼干给别人吃，大概是在网上看到别人烘焙的小点心、小蛋糕特别可爱，我那颗“少女心”就蠢蠢欲动了吧。

还有就是回想起我初中的

一位女同学，性格特别好，温文尔雅的，真的就像小公主一样，她就经常会带一些小饼干到学校，分给我们吃。她说那些小饼干都是她和她妈妈一起做的。当时我一边吃着她亲手做的小饼干，一边就在心里感慨：这样的女生才是真的女生吧！

但当时就只是觉得饼干很好吃，觉得那个女生很可爱，也没有想过要自己尝试做一下。一直到不久前，我才动了这个心思，想和那个女孩子一样，也做出那么好吃的小饼干，送给朋友和家人吃。结果就一发不可收拾，之后，我就积极地在网上买了各种烘焙用品，什么烤箱啦，模具啦，面粉啦，霜糖啦。还浏览了许多

网上的烘焙教程视频，想要按照视频做出好看又好吃的小饼干、小蛋糕。

一切准备就绪之后，我把朋友们约到家里来，想要在第一次出手的时候就好好地威风一把！结果嘛，当然是惨不忍睹的，我烤出了奇形怪状的小饼干，味道也是怪怪的，吃到嘴里有一股煳味。不过我只灰心了一秒钟，很快又想到失败是成功的妈妈，多失败几次，

我肯定会做得特别好的，这么一想，我立刻觉得我的烘焙之路还是很不错的呢。

网络上特别流行的那句话“唯有爱和美食不可辜负”，我觉得特别有道理，爱和美食都会让我幸福感爆棚。因为有家人和朋友对我的爱，在自己有些脆弱的时候，我也会勇敢去面对。因为有爱我的人在我身后给我支持，就算我跌倒了也不怕，因为他们会把我扶起来的。

至于美食，真的是我生活的动力，每天起床后，我通常脑子里盘算得最多的事情就是：等下吃什么？中午吃什么？晚上吃什么？夜宵要不要再吃点儿？每天认真思考这么多问题，都没空去想那些不开心的事情了，自然心情也就总是美美的。

现在，我和朋友们因为各自的工作忙碌起来，大家能够聚在一起放松聊天、吃饭的时间越来越少了。大家都在忙各自的事情，再也不能像读书的时候那样自由自在，无忧无虑了。有的时候，我们会被各种不开心的事情打扰到，所以，只要我们有机会聚到一起，总是会去吃各种好吃的食物。

每一次聚会我们都会一边吃着美味的食物，一边聊着天，彼此开着玩笑，说着各自身边好玩的事情。每一次我和朋友相聚的时光都会觉得很短

暂。美食能够让人快乐，我是绝对相信这一点的。大口大口吃着自己喜欢的可口食物，不管之前有多么烦心的糟糕事情发生，在美食面前，也都变成了浮云，吃饱之后，会觉得特别满足，觉得整个人生都圆满了。之前发生过的不愉快就会统统被抛到脑后，觉得自己又可以没心没肺地快乐下去了。

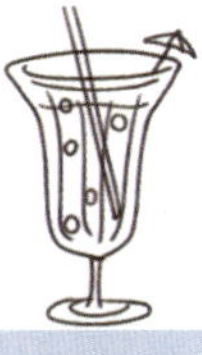

现在的我，就是最好的礼物

我觉得女孩子一定要有自己喜欢的工作才行，

依靠自己生存，这样才会特别有底气，

花自己的钱买礼物给爸爸、妈妈、姐姐、弟弟，

还可以在朋友过生日的时候送她们喜欢的礼物，

这些都是促使我好好工作的理由。

工作达人

讲真的，我是一个热爱工作的女孩。你们不要以为我是开玩笑的啊，我真的对待工作很认真的。倒不是因为我有多么勤奋，也不是因为我有多么大的野心，想要做成一番大事业，只是因为我简单地想要把手边的事情做好而已。

既然选择了开网店这个工作，就没有道理去给自己找各种理由不好好做，毕竟是自己的一个选择，就想要不受干扰地努力做一做，试试看。

刚刚开店的时候，为了把店铺做起来，我把主要的精力放在了衣服款式的更新上面，我希望能够让逛到我店里的女孩子都能选到一件适合她们心意的衣服，也希望我卖出去的衣服都有好的口碑，能让女孩子们喜欢。

所以，那段时间我会和工厂的人一起去看面料，还会和许多做衣服的工厂联络。我觉得自己是一个不够聪明、有些笨的人，在别人看来很简单、很轻易就能做好的事情，我可能需要花费三倍甚至十倍的精力才能做好，所以，我就特别爱和自己较劲，自己不满意的地方一定要重新做，直到做到最好为止。

我的工作室

当店铺慢慢走上轨道以后，每一次店里的衣服上新款，我都会积极配合拍照，尽量把每一件衣服最好的一面展示在照片里，让顾客可以全方位地去挑选她们喜欢的衣服。有的时候为了拍好一件衣服的照片，我会换好几个场景，因为我觉得既然这是自己喜欢并且选择要去做的事情，那就要认真做好，不能想着去糊弄了事。

如果连自己这一关都过不了，拍出的照片自己都不想看，那怎么能让别人喜欢呢？小的时候，总想着快一点儿把作业做完，以便能在动画片开始之前坐到电视机前去；读书的时候，听老师讲课常常是一个耳朵进，另一个耳朵出，就盼着下课铃响起来那一刻，能和好朋友去操场玩。但是，现在我不想这样了，为什么我要一直去敷衍生活呢？既然生活明明给了我一个很不错的选择，那我就应该珍惜这个机会。

我在微博上看到过一个关于努力和坚持的故事，大概讲的是一个住在乡下的孩子，每天为了去县城上学，要走好远的山路，但是他每天都坚持，从来也没有迟到。有一次，爸爸用攒了好久的钱给他买了一辆旧自行车，他特别高兴，骑着车去上学了。但是没想到，骑车的第一天，因为他中途去了一趟厕所，出来的时候，放在路边的自行车就不见了。他特别难过，但他并没有灰心丧气，依旧每天天不亮就起床，走路去上学。

看到这个故事的时候，我第一个反应就是特别惭愧，因为我实在是太懒了，如果我是故事中的这个孩子，我肯定坚持不下来。

有的时候，我会规定自己每天读书学习，可是常常抱着书本就玩起了手机，然后告诉自己第二天一定不能偷懒，要好好学习，但是第二天没有看几页书，又开始偷懒发呆，最后默默地把手机掏了出来。

在做很多事情的时候，我总是计划多于行动，然后常常在心里埋怨自己不够努力，所以，面对开网店这个工作的时候，我不停地告诉自己，遇到自己喜欢的、感兴趣的事情一定要试着坚持下去，不然失败了的话，自己会后悔。

我的网店慢慢在摸索的过程中，一点儿一点儿地做起来了，工作室的团队也一点儿一点儿地慢慢建立起来了，对于经营网店的知识，我也在慢慢掌握中。值得庆幸的是，我工作中的小伙伴都很好，她们信任我，对待工作也很积极，我从她们身上，也认识到了许多自己以前没有意识到的不足。

生活中，有好朋友在一起相处，工作中，也有好伙伴的支持和帮助，我觉得我真的是

挺幸运的。目前我的生活重心还是在工作上，先不考虑其他的事情，这几年把工作发展好了再说别的。

我的工作计划还是要好好经营网店，目前把这个放到第一位，现在网店的工作量越来越大，工作室的地方也有些不够用了，我就把工作室重新布置和装修了一遍，希望能够在我事业发展的每一个阶段，都能有一个新的面貌。看着工作室一点儿一点儿变得更好，我觉得自己所有的努力付出有了回报。

关于工作室的装修风格，我也参考了好多资料，既想要做出自己喜欢的风格，加入自己喜欢的元素，又希望能够让工作室显得不至于太个人化。我和设计师沟通了很多次，把我的想法讲给设计师听，在装修的时候，我也是有空就会来监工。

毕竟这间工作室就像是我朝夕相处的家人一样，我亲手将它一点儿一点儿地做大，也希望能把工作室发展得越来越好，方方面面都很完善。我希望我的网店能够发展成一个多样化的品牌，做得越来越大，越来越顺手之后，我就可以去做一些别的事情，比如做一些慈善，多出去走一走，看一看。

我觉得女孩子一定要有自己喜欢的工作才行，依靠自己生存，这样才会特别有底气，花自己的钱买礼物给爸爸、妈妈、姐姐、弟弟，还可以在朋友生日的时候送她们喜欢的礼物，这些都是促使我好好工作的理由。而且，工作稳定之后，我可以用自己的积蓄给自己充电，出国去看一看外面精彩的世界，毕竟读书少，走的路要比别人多才行啊。还可以去学习自己感兴趣的东西，不用担心生活的问题，这种感觉真的是蛮棒的。

发型教程1

发型教程2

崽崽美发课堂

头发真的是我们女孩子最在意的身体的一部分了，有一头漂亮的头发，出门去玩，去约会的话，自信心都会增加好多。不过，许多女孩子也会和我诉苦，说她们的发型实在是太单一了，不是短发，就是长发，不是直发就是卷发，自己都看腻了，想要做出和电视剧女主角一样自然又可爱的发型，总是要去美发店找造型师才能做到，既浪费钱，又浪费时间，更重要的是，去美发店做出的发型，睡一觉，第二天起来就“烟消云散”了。

其实，想每天都换一种发型，美美地去上班、逛街、约会，并不是什么特别难做到的事情呀。我之前在微博上发过几个做头发的教程，许多女孩子还蛮喜欢的，女孩子都希望自己的发型能够既漂亮，又不俗气，还要简单，容易学，不浪费时间，毕竟我们都要上学、上班，每天早上起床连吃早餐的时间都是匆匆忙忙的，哪里还能腾出一两个小时来折腾我们的头发呢。

想一想，好不容易等到了

夏天，可以穿上美美的裙子出去啦，可是好不容易选好了漂亮的衣服，当我们站在穿衣镜前，看到自己的发型一成不变时，真的觉得好无聊，出门的心情都要打折扣了。

头发贴在头皮上，显得脸特别大，刘海也不够美，不管怎么梳都感觉丑丑的。在这里，我小小地准备了一些弄头发的方法，不过，在学习如何做发型之前，我们首先一定要把我们的头发保养好，用适合我们发质的洗发水和护发素，保护我们的头发不受损，还要在平时多注意饮食和运动，这样有助于新陈代谢，我们的头发才不会干枯发黄，有了很好的发质，做出来的发型才会更好看。

女孩子想要发型好看，自己在家里动手，就一定要有几样合适的工具才行。卷发棒对于女孩子来说可是“美发神器”，我自己就有好几个卷发棒，做不同发型的时候，都会用得到。

漂亮的发饰当然也是必不可少的，我自己呢，喜欢一些简单的、不那么花哨的发饰（有时候为了好玩，也会戴一些怪怪的头饰），有了发饰的点缀，会让简单的发型变得更加好看，吸引旁人的目光。

分享给女孩子们一点儿小建议：

我觉得做头发最重要的一点就是适合自己。在美发店里，常常会有女孩子拿着杂志或者手机上的某个明星给理发师看，让理发师照着明星的发型给自己做。其实，这样做出来的发型未必就会好看，因为脸型、五官的不同，在明星和模特脸上看起来很好看的发型，却未必是真的适合自己的发型。

多多尝试不同的发型变化，找到适合自己的那一款。与其手忙脚乱地模仿别人，不如简简单单地做一个惊艳的自己。

还有一点，我觉得也很重要，那就是健康。虽然说爱美是女孩子的天性，但是，过于频繁地烫发和染发，对身体还是很不好的。我觉得好看的头发不一定要用那些化学药水和各种烫发工具才能做出来，多花一些心思，自己动手编发也是很不错的选择。

我的美甲

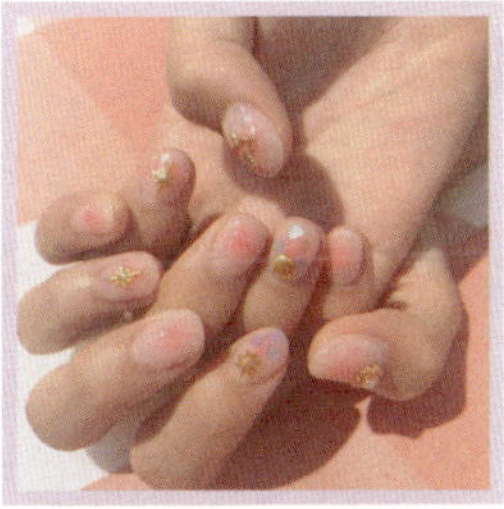

拍照！拍照！拍照！

我很喜欢拍照，我觉得用镜头捕捉一些难忘、美好的瞬间，是一件特别棒的事情，将这些照片存起来，都是日后的回忆。我有的时候翻开电脑里存档的那些照片，时不时就会惊讶一番，原来我以前还做过那么傻的表情，原来我以前还做过那么丑的动作，但是这些照片都被我精心保存了下来，我觉得这些回忆都特别珍贵。

除了给自己拍照，我也很喜欢给我的娃娃，还有我喜欢的小东西拍照，把它们都拍得美美的，然后上传到网络上和大家一起分享，我会觉得特别开心。

刚开始拍照，仅仅是出于个

人的兴趣爱好，但是到后来，因为工作的关系，拍的照片就越来越多，毕竟微博上的很多粉丝是因为我发的照片渐渐关注到我的。即便如此，我也不是特别喜欢纯粹的自拍，我更喜欢在照片里添加一些元素和特有的风格进去。我经常会关注一些国外的网站和书籍，参考这些网站和书籍的拍照风格，学习其中的技巧，然后试着在这个基础上融入自己的风格。

我觉得拍照就是要投入进去才能拍出好照片。对于我来说，拍照片的过程是很享受的，我很喜欢在镜头前表达自己的各种情绪。虽然帮我拍照的基本上都是我身边的人，但我在拍照之前，都会和她们沟通，希望她们能够以和我一样投入的状态拍照，我觉得不论是模特还是摄影师，只有全身心地投入到拍照状态中，才能拍出好的照片。如果其中有人心不在焉的，那拍出来的照片肯定都不会合格。

我会经常在社交网络平台上放一些自己的照片，会有一些女孩子问我怎么摆姿势才能拍出让自己满意的照片，因为她们总是觉得自己的照片拍得不够美，但是，不管她们怎么调整镜头，效果好像都不太好。

其实，拍出好看的照片真的不难，在这里我分享一些我自己拍照的小心得，希望对爱拍照的女孩们有帮助。

拍照小秘密：

1.拍照的时候不要总担心自己不上镜、不够美，一定要放轻松，放松心情，才能让自己在镜头里显得更加自在。

2.拍照的时候不要让整个身体直挺挺地面对着镜头，这样会让自己在照片中看起来有些呆，最好能侧一侧身体，大概四分之一就OK。

3.想要做出一些又好看又不做作的pose也不难，比如微微弯弯腿，头歪一歪，笑的时候尽量不要露出牙槽。如果还是觉得学不会，就尽量不要去注意镜头，随意做几个动作，让拍照的人多拍几张，一定能抓拍到你美好的瞬间。

4.在拍照前，选择好的环境也很重要，我个人觉得选择一个简单一点儿的环境会好一些，这样拍出来的照片不会显得背景很乱。

5.要找到适合自己的拍照风格，虽然我们常常看到一些杂志上许多模特的照片很好看，想要去模仿，但那未必是适合我们的，我们可以借鉴，但是不要纯模仿，那样效果未必好。

拍出好的照片不一定要用特别昂贵的相机，我为了出门方便，常常只带一个手机，也能拍出不错的照片。我觉得拍照还是要看心情，心情好的时候，拍出的照片自然会让人看着特别愉悦。

除了用手机拍照之外，我还很喜欢用拍立得。因为拍立得很方便，照片当下就能出来，方便我贴到手账里，或者送给朋友。

拍立得很好玩，但是很多女孩子觉得用拍立得拍照太浪费胶纸了，拍出一张不喜欢的照片，留着吧，不喜欢，撕掉吧，又怪可惜的。

其实，我觉得在使用拍立得拍照前，认真研究一下拍立得的使用技巧，真的能很快入门，学会如何拍出好照片的。让我这个拍立得小达人透露一点儿小技巧给你们吧。

拍立得：

1.首先当然是搞清楚拍立得相机的各项功能如何使用。

2.在不同的环境下，要开启不同的模式，这样拍出来的照片才会更好看。

3.拍立得也很讲究拍摄角度，我喜欢拍大头贴 ，照片的顶部留下一点儿空位就好了。

4.拍立得的拍照模式也要看清楚，有的模式是拍景的，用来拍人就不好看了。

我的许多照片大家都说色调很好看，这个肯定不能不归功于我的拍照技术了，关于照片调色这方面，我也是尝试了很多次才有现在的成就的（捂脸笑）。

不同的色系能让照片展现出不一样的风格，我是比较喜欢偏暖一点儿的风格的，所以，我调色大多数都会用暖色。网上有许多调色的软件，有一些用起来会比较专业，使用起来感觉很麻烦，我觉得女孩子出门去玩，看到好看的风景想要拍照，不如多在手机里下载几个滤镜软件，拍完照片，挨个试过一遍，总能找到自己喜欢的风格。

拍照一直是我生活中一个很大的乐趣，不仅能让我自己自得其乐，也能让我把快乐分享给别人。更重要的是，照片能够记录下过去的瞬间，美好的瞬间、伤心的瞬间、迷茫的瞬间，等等，这些从生命中溜走的片段，都因为被保留进照片，而永远留了下来。

现在翻开读书时候的照片，过去那些好玩、有趣的事情就会一件一件从我脑袋里蹦出来，就好像昨天发生的故事一样。我觉得这就是拍照的乐趣所在，它能留给我永远也抹不掉的记忆。

等我老了的时候，满脸皱纹，头发都快掉光的时候，再看我现在拍的照片，一定会特别骄傲地跟旁边的老太太说："看，我年轻时候的样子，也算个小美人吧！"

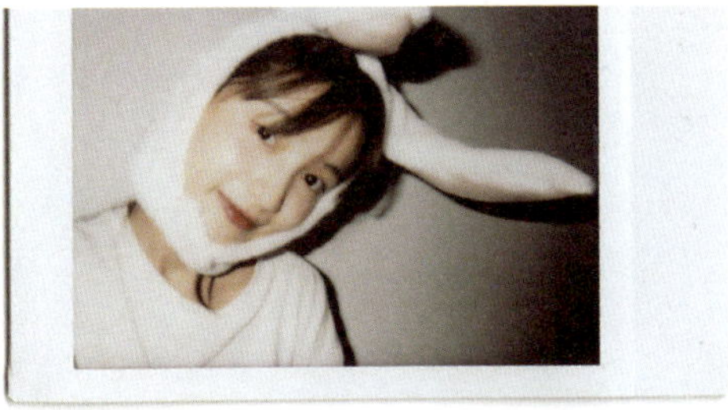

Supreme

欢乐的小爱好

我常常会突然对某一件事情特别有热情，

但过不了几天，就开始不上心了，

虽然也会在心里骂自己做事情虎头蛇尾，坚持不下去，

但我的身体就是特别诚实地不愿意去行动。

晚安！手账星人

我是一枚手账星人，自从我加入这个组织后，晚上睡觉前，我的桌子上一定是被各种彩色的笔、彩色的胶带、彩色的本子……给占满。然后我就埋头在本子上涂啊、画啊，把一整天的心情都写下来，把发生的美好的故事，或者伤心的故事，通通写下来，做这件事情的时候，我会觉得有一种特别的满足感。

手账就像是我的另外一个世界，在这个世界里，我可以放心地记录自己的事情，然后再用丰富的颜色把这些回忆装点起来。在做这些事情的时候，心里都是满足感，觉得自己的生活、自己的心情都是由自己主宰的。

我从小就喜欢画画，在纸上涂涂抹抹，用各种颜色画出只有自己才能看懂的图案，莫名地就觉得很开心，太喜欢那些漂亮的色彩了。小的时候，我就有一个梦想，梦想着能够有一堆用也用不完的彩色铅笔，还有一堆用也用不完的好看的本子，能够让我在上面随意地画画。

现在长大了，每天都为一些工作上的事情忙碌，已经很久都没去画画了，也想不起要拿起画笔去画一些什么，感觉已经不会画画了。闲暇的时候，就会和朋友出去郊游、吃饭……感觉小时候那个简单、幼稚的梦想已经被自己忘在脑后了。后来接触到了手账，才重新把画画这个技能拾起来，觉得自己又是个画画小能手了。

翻看我的手账，每一页都是属于我的独家记忆，一句送给自己的晚安祝福，或者是一个在那一天听到的并不那么可笑的笑话，还有不愿意告诉别人的小心事，每天的生活中，总有一些小心情、小情绪是会落在自己心底，不太愿意和别人讲出来的，就算是平时最亲密的朋友、家人，也想对他们保留一些小小的“隐私”，但如果放在心里，又担心会淡忘，所以，写到手账里就是最

好的选择了。在我的小小的手账星球里，我是自己的国王，一切都是我做主。

好多人说做手账总是坚持不了几天就放弃了，看着当时一门心思买的那堆东西被放在一边当摆设，虽然觉得可惜了，但一想到做手账那么麻烦，就很难下定坚持的决心，总是三天打鱼两天晒网。我觉得现在做手账几乎成了我的睡前功课，如果哪天不做手账，就觉得少了点儿什么。可能是因为我很喜欢，所以就把做手账当成了日常生活的一部分，就好像睡前要刷牙洗脸一样自然的日常。

生活中，能够坚持去做一件事情真的不容易，说到这一点，我是有切身体会的。我常常会突然对某一件事情特别有热情，但过不了几天，就开始不上心了，虽然也会在心里骂自己做事情虎头蛇尾，坚持不下去，但我的身体就是特别诚实地不愿意去行动。

但是做手账却是我能够不断坚持去做的一件事情，我想这大概是因为那些胶带、贴纸吧，因为实在是太好看了，所以喜欢粘粘贴贴地把本子贴得满满的。我们去做一件事情的时候，首先要想我们是不是真的喜欢去做，这一点很重要，因为坚持需要勇气，而喜欢就完全是从心出发，甚至完全都不需要理由。

对于我喜欢做手账这件事情，不喜欢做手账的朋友会问我做这件事情有什么乐趣。我想了想，大概是因为我为了做手账总是不断地买买买，好看的贴纸和好看的胶带非常多，每次都想用新的贴纸，买回来之后，自然就会非常认真地写，因为可以把喜欢的新买的胶带和贴纸派上用场了。

就是这么简单，因为喜欢去做一件事，是很舒服、很自然的。去做自己喜欢的事情，最大的好处就是让自己觉得生活很美好。我觉得我们在做每一件事情之前并不一定都要去考虑做这件事有用还是没用，只要是我们内心里真的喜欢做的，就算是不会达到什么目的也没什么可计较的。

生活本来就是把时间用在这些点点滴滴的小事情上的，每天做自己喜欢的事情，世界才是最好的。

有没有被我说得有些心动？那不如行动起来吧！不会画画也没关系，反正手账是给自己看的，只要自己做得开心就好，我在这里给大家几个记

手账的小建议：

首先，手账分很多种记录的方式，我的日记是单纯用文字记录每天的生活、心情，买了什么东西，抄一段自己喜欢的文字，或是观看一部电影的观后感。手账就是要花花绿绿、丰富多彩才好看，这样每次打开我们的手账，心情才会更好。所以，手账不能做得太枯燥，用一些可爱的小贴纸，带着闪粉的彩色笔，都能让你的手账看起来有满满的感觉，心里会特别舒服。

然后，选择手账的本子时，千万不要随意，因为这个是每天会陪伴你的小东西，只有特别合你的心意，才会让你每天打开它的时候，心情好好的。我有两个特别重要的本

子，一本是月计划本，一本是手账。月计划本让我知道我这个月要做的事情是什么，我要达到的目标是什么，我这一周计划要做什么事情。我觉得每个人都应该要有一本月计划小本子，这样你的所有行程才不会乱，答应别人的事情才不会忘记，又可以每周完成给自己定下的目标。而手账就是记录我那些琐碎的少女心情，让自己有一个可以倾诉的地方。

想一想，我们每天在临睡前翻开自己最喜欢的手账，抛弃白天所有的嘈杂，一个人静静地沉浸在自己的世界里，在本子上写完一天的故事，合上这本手账，看着自己精心挑选的“心情笔记”，那时的心情一定又幸福又平静吧。

再然后，记手账的时候，难免想要夹一张充满回忆的照片在里面，或者是一些对你来说特别有纪念意义的小纸条、小插画，这个时候，回形针或者胶带就派上用场了。这些小东西既能够让你的回忆牢牢贴在手账里，又能让你每次翻开回忆的时候，觉得特别温馨，有意思。

最后，不论你做手账是真的喜欢，还是跟风别人，只要发现其中的乐趣，就不会认为这是一件麻烦的事情。在每天夜里，入睡之前，给自己涂画一个彩色的梦境，我想就算睡着了，也会是在嘴角挂着微笑的。

晚安！手账星人们！我要去占领我的星球了，你们也努力。

月 日 天氣
2017.6.22号。
今天想出门
扫描拍立得的照片，走了两家店都说不能扫，所以明天要去照相馆试试看，顺便洗了个香香的头，
大概都不记得自己有几天没洗头啦，哈哈哈。
现在一边写手账，一边在等爸爸给我送烤鸡!!!
以后想买大阳台
因为我喜欢多肉
我要种好多好多，50盆!! 100盆!!!
广告印刷
老板！你可以扫描我的照片吗???
不行啦，太小一张了。
好吧，thx
照相馆
明天再去找另外一家店吧~
植物
回家路上买了一盆多肉

2017.4.3
提问
平常在家干什么???
不用拍新品，大部分时间都待在家，看看手机，搓搓猫，遛遛狗，玩娃娃!! 嗯还有打游戏！
今天呢，做啥事了?
① 今天睡到 12:00.
② 下午3:00看了电影
投影仪
④ 7:10 在家吃晚饭
喵鱼吃鱼！
⑤ 9:30 遛狗
土豆

2017年.5月13号
好想出门哦!
外面的天气这么好.
为什么没约我!!!!!
没人约!!
好想吃寿司哦
开心开心
到了晚上如愿以偿
的吃到了寿司和三文鱼
我真的超爱吃
日料!!-D
一个寿司.饱饱
的.大满足
吃的比猫还少

2017年.5.28号.
澳门 2日游
好吃的
烤肉
完美
店
买了自己喜欢的鞋子.
(姐姐带我在澳门玩)
唯一不高兴的事!!
好好工作!!
不要赌博
1995
(身份证)
因为今年21岁了!!!
就可以进赌场了!!
RMB
输钱了立刻马上
走人!!!不然会输
更多!!!
我不适合赌钱.

娃娃Model

我的淘宝店里卖的衣服款式大多是软妹子类型的，所以，我为了给这些衣服拍照，也总是会做出一副乖乖听话的样子，这让一些不熟悉我的朋友认为我也是个软妹子，其实我是个隐藏得很深的女汉子。不过，即便如此，我也没能跳出买娃娃这个坑。本来，我买第一个娃娃的时候，只是觉得好可爱，好漂亮，想要买一个留作纪念，但是，我没想到从此买了第一个，又买第二个、第三个，现在已经数不清买了多少个了。

我有很多娃娃，各种各样的。

而且，我还在不停地买新的娃娃，将它们一个一个放在我的床头、柜子上、桌子上、电脑旁。我会给它们拗造型，拍照片，让它们做我的小模特。对娃娃的喜爱，我想也是因为我对美好事物的零抵抗力吧。

每个小女孩在小的时候，都会憧憬自己能够有漂亮的洋娃娃抱在怀里，每天给娃娃梳头、穿衣服，就好像自己身边多了一个小伙伴一样。我的兄弟姐妹有很多，我们家是一个庞大的家族，很热闹，但是，这也不妨碍我喜欢和娃娃玩耍的心情，晚上睡觉的时候，搂着自己喜欢的娃娃闭上眼睛，心里就会特别有安全感。

可能是因为女孩子天生就对可爱、漂亮的东西没有抵抗力，看到那些娃娃，心里就只有一个念头——赶紧把它们接回家好好珍藏起来。

不知道我会在自己多大的时候，戒掉买娃娃这个爱好。不过，想一想未来的家里，可以设计一个大的玻璃橱窗，里面摆满我的娃娃，每一个娃娃拿出来，都能让我想起买它时候的情形，每一个娃娃，都是关于过去的一个回忆，这样也挺不错的。

RedBerry

藏起来的小“秘密”

女孩子喜欢藏起一些自己喜欢的东西，就像收藏自己心底的小秘密一样，小心珍藏，时不时拿出来看一看的时候，心底还会有一点点小欣喜。我也有自己的小收藏，我喜欢淘各种好玩的东西，将它们一样一样摆放在房间里，就会觉得自己的生活多了一些乐趣和星星点点的精彩。

我的这些小收藏就像时间里的一个坐标轴，拿出任意的一件来，都能让我想起当时的事情。在我看来，我收藏的不仅仅是一件一件小玩意儿，而且是关于过去的时光中，我想要留住的一个又一个瞬间。

我收藏的“小秘密”，我现在讲给你，你愿意听吗？

礼物清单

有礼物收是一件很开心的事情，每次收到爸爸、妈妈或者是好朋友送给我的礼物，我都会在心里激动好半天，让我激动的并不是礼物本身，而是送给我礼物、爱我的他们。我收到的礼物，都被我好好收藏在房间里，偶尔整理东西，看到这些礼物时，心里就会浮现出当时收到礼物的情形，心里觉得暖暖的。

收到礼物的确是一件令人温暖的事情，所以，我也常常会送礼物给朋友和家人，看到他们惊喜的样子，我也特别开心。

如果我遇到特别好用的化妆品或者特别喜欢的东西，就会第一时间分享给闺蜜，还会买一堆送给她们。听到她们说喜欢，我就会很高兴。

常常有人说送人礼物的时候很苦恼，不知道送什么好。其实关于这个问题，我也没有什么特别好的建议，因为我每次送朋友礼物，都是很“随

意”的，比如在逛街的时候，看到一些好玩的东西就会买下来，又或者出去玩的时候，遇到一些有意义的小纪念品就带回来送给朋友。

其实，我觉得重要的不是送什么礼物，而是送礼物的你，有着怎样的心意。收到礼物的朋友一般不会在意礼物的价值，他们会因为你时刻能记得他们，从心里感到十分高兴。女孩子之间总是会经常互送礼物，因为女孩子在意的节日和纪念日总是比男孩子多很多，比如生日、圣诞节、春节、相识纪念日、周年纪念日……

这么多的节日，如果没有礼物衬托，会黯然失色的吧。

我收到礼物会很开心，我也喜欢送礼物给家人、朋友，因为我希望他们也开心。对于我来说，他们就是我人生的礼物清单上最贵重的礼物。

СИБИРЬ
ТЕЛЕКОМ

亲爱的你们

俗话说百年修得同船渡，千年修得好姐妹。

我和我的塑料姐妹花们在友谊的小船里荡起双桨，

现在都流行说友谊的小船说翻就翻，我觉得我们的小船肯定是不会翻了，

顶多也就是我们闹得太厉害，把船折腾散架了，我们游到岸上去，

不过，在游的过程中，我们肯定都是手拉着手，谁也不会丢下谁的。

青 春 期

最近电影院里青春片特别“泛滥”，每次我抱着爆米花进去看完之后，就会回忆我读书时候的青春是什么样的。想来想去，觉得特别简单，没有那么多狗血沸腾的爆炸性事件，没有长得巨帅、从来不学习但是学习特别好的男同学，也没有动不动就爱得上天入地的女同学。在我的青春里，只有做不完的作业、上不完的补习班，还有四个关系特别好的朋友。

我们从初中一直玩到现在，关系依然很好。上学的时候，我们每个人手里的零用钱都不多，但那个时候，每到周五下午，我们就会聚在一起搞小party，买一些大家爱吃的零食、饮料在一起玩。有的时候，她们也会来我家里住，我们提前买好鸭脖子、莲藕等一些卤味（我从小就是重口味爱好者），然后边吃边聊。这个传统其实一直延续到现在，虽然，现在大家因为有工作了，各自的事情比较多了，但只要我们一空下来，就会打电话约时间，定好地方见面。

她们真的是我生命中很好的朋友，我们一起聊八卦，一起去看演唱会，一起去大街小

巷找好吃的东西，一起戴着耳机听喜欢的歌，一起做着在别人看起来特别无聊、特别傻的事情，而我们却乐在其中，觉得无比开心。

只要我们其中一个心血来潮，另外几个都会陪她去疯，陪她去闹，我们在一起谈天说地，永远有说不完的话，有讲不完的笑话。我们可以在深夜的时候轧马路，也会在凌晨的时候还蹲在烧烤摊吃肉串，只要是和她们在一起，我的那些不开心会变得开心，开心会变得更加开心。

还记得在初中毕业的那个暑假，因为有差不多三个月时间的假期，我觉得在家里待着也没意思，我的好朋友宁宁建议我去打工。受到宁宁的启发，我就想去打暑期工，既可以做点儿事情，又能挣点儿零花钱，我去一家甜品店面试，结果就通过面试啦。

就这样，我去了甜品店里做服务员，我想每个女孩子心里都有一个开甜品店的梦想吧，我那个时候也是，觉得能够去甜品店上班是一件特别幸福的事情，而且那间甜品店的服务员穿的制服是女仆装，就好像动漫里的女孩子穿的那样。我那时候好喜欢看动漫，觉得能每天穿得像动漫里的女生一样，特别开心。

其实，在甜品店的工作也不忙，因为店面不算大，客人也不算多，每天大部分时间，我就是望着窗外发呆，想事情，或者和店里的同事聊聊天。

在甜品店记忆比较深刻的一件事情是充当模特。甜品店的老板是一个摄影爱好者，他想要给自己的甜品店做一做宣传，就请来了许多摄影爱好者来到店里拍照。我和店里的服务员就充当他们的模特，配合他们拍照。

那应该算是我第一次做模特吧，很业余，那时候年纪很小，也不懂得怎么摆姿势好看，就只是傻傻地穿着店里的制服，站在那里，看着那些人举着相机“咔嚓”“咔嚓”照个不停，十几台相机亮着闪光灯，围着我们拍照，当时的感觉有一点儿像明星去参加活动，被记者围观一样。

拍照结束后，我还蛮想要几张照片留念的，但是问了一圈，也没有要到。幸运的是，有一个人留了联系方式给我，几天之后，把我的照片发给了我。直到现在，我还保存着那几张照片，照片上的我样子呆呆傻傻的，手都不知道往哪里摆，不过我还是很喜欢，时不时地就翻出来看一看。

宁宁她们也会去甜品店看我，她们几个要几份甜品，坐在店里和平时一样聊天、开玩笑。不知道是不是因为我在店

里工作的关系，看着她们坐在桌前聊天，我心里会特别高兴，虽然她们去甜品店的次数不多，因为那间甜品店实在太远了，她们去一次很不方便，但因为她们去店里支持我的工作，还是让我很开心的。

那个平凡的暑假，因为这一次的暑期工经历，我有了特别的回忆。这么多年过去了，我和朋友们聊起那时候打工的事情，我们还能说上好半天呢。

虽然现在我认识的人越来越多，但是真正的好朋友却还是那么几个。她们从一开始就陪在我身边，一直到现在，我们还像小朋友一样，互相开幼稚的玩笑，也会想一些奇怪的招数捉弄对方，每次聊到一个话题，一个人起了头，另外几个人就能迅速get到她想要讲的笑点。没错，我们就是这么默契的好朋友，在她们面前，我永远不用担心自己会说错话，会做错事，她们也永远不会嫌我烦，不会嫌我唠叨。

“我要出书了，要不要在书里介绍一下你们啊？”我和好朋友们炫耀。和我想的一

样，她们并没有想要配合我的意思，一个劲儿地打趣我，我也嘴硬，威胁她们如果不赶紧好好讨好讨好我，一定在书里把她们写得特别吓人。

我虽然不是一个特别内向的人，但也不是那么善于与人交际。这几年，身边能够有这几个真心的好朋友，我觉得挺不容易的，我挺珍惜和她们几个的友情，只不过我们现在能聚在一起玩的时间真的太少了，大多数都是节假日才有时间，所以我现在特别盼着过圣诞啊、元旦啊这些节日。我们平时也会在微信里策划圣诞、元旦这些节日怎么玩，我也会早早地想好要送她们什么礼物。

俗话说百年修得同船渡，千年修得好姐妹。我和我的塑料姐妹花们在友谊的小船里荡起双桨，现在都流行说友谊的小船说翻就翻，我觉得我们的小船肯定是不会翻了，顶多也就是我们闹得太厉害，把船折腾散架了，我们游到岸上去。不过，在游的过程中，我们肯定都是手拉着手，谁也不会丢下谁的。

烧烤的日常

对于好吃的，我真的没什么抵抗力，看到美食就走不动路了，一心想的就是怎么把它们喂进我的肚子里。我这么爱吃，真的是和我爸爸、妈妈有很大的关系，我爸爸和妈妈做菜都超好吃，特别是我妈妈做的饺子，尤其是韭菜肉馅的，我最爱吃了，味道简直是太赞了。我读书的时候不在家里住，每次回家，我都会让我妈妈做许多份的饺子，我回学校的时候带走，每天吃几个，一整天都觉得特别满足，特别美好。这导致我现在在外面吃饭从来都不点饺子，因为我觉得全天下的饺子，都没有我妈妈做的美味。

从小到大，爸爸和妈妈只要有时间，就会做一大桌子菜，把我们姐弟几个喂得撑到走不动路。大概是爸爸和妈妈把我喂得嘴刁了，每天最大的乐趣就是上网狂找好吃的美食店、没吃过的特色美食。

有段时间，我迷上了各种泡面，我就天天在网上搜世界各地好吃的泡面，尤其是泰国的一款方便面，我觉得超好吃，就统统把它们买回家吃。后果就是那段日子泡面吃得太多了，吃得我胃都痛了，才不再吃泡面。

还有一段时间，我特别迷恋火锅，总是拉上几个朋友，点上一桌子的菜，吃到饱得快要吐出来为止。

在美食面前，我简直就是一个雷厉风行、风驰电掣的热血青年。“奋不顾身地投入到美食的餐桌上”一直都是我的座右铭，多少个深夜，我都是和三五个朋友围在桌前，吃着美食度过的。

我很喜欢烧烤，其实并不是因为我觉得烧烤有多美味，而是烧烤的气氛让我很放松。大家围坐在桌前，旁边的炉火上烤着肉串，“嗞嗞”冒着香气，我和朋友们一边咽着口水，等着烤肉上桌，一边喝着可乐，聊着生活中发生的有意思的事情，心情会很好。

可能有的人会觉得烧烤很麻烦，要在一旁等食物被慢慢烤熟，不如去快餐店点一份速食方便。其实，我倒是觉得吃东西不仅仅是为了吃饱和口感，美食被我们吃进肚子里之前，看它们变成一份佳肴的过程，也是很享受的。

不记得在哪里听过一句话，喜欢吃的人总是幸福感很高的。我很认同这句话，有的时候因为很多原因，会感到很累，不想说话，这个时候，吃一顿自己喜欢的美食，心情立刻就会不一样起来。

和朋友一起围在桌前，等着美食被端上桌，大家给食物拍了照片，就开始瓜分美食。有的时候感觉好像回到了上学读书的时候，那个时候没什么特别操心的事情，每天就是上课学习，最能吸引我的大概也就是吃了吧。

工作以后，吃过很多好吃的，很多食物真的很美味，但总觉得不像读书的时候，对好吃的东西那么有热情了。有的时候，我也在想，是不是成长的代价就是对生活失去了新鲜感，觉得什么都是理所应当的了？

我还希望自己能够永远对生活充满动力，每一天都像刚刚被端上餐桌的美食，你不动筷子之前，永远不会知道放进嘴里的会是什么味道。

我的小姐姐们

关注我久了的人都知道我有三个姐姐，我在家里排行老四，但是也不会因为是最小的那个就可以得到最多的宠爱。本来妈妈生了我之后就不再打算要孩子了，四个叽叽喳喳的小丫头已经够她和爸爸“烦”的了。但是，在我十岁那年，我又多了一个小弟弟，身边有人说妈妈终究是想要个男孩子

才会生下弟弟，但是我不这么认为，我觉得是爸爸和妈妈感情好，不然的话也不会在我当了十年老幺之后，才再给我添一个小弟弟。

爸爸和妈妈感情很好，我们姐弟五个也是从小打打闹闹的，一家人之间发生过许多有趣的事情，尤其是我的三个姐姐，我想把她们日常生活中温馨、搞笑的一面记录下来。

首先说我的大姐姐，她叫木木，在我的眼中，她是一个一直没有过叛逆期的少女，虽然是我们的大姐，但是一点儿也没有当老大的样子。大姐姐是学护士专业的，我小的时候，她要住校读书，每周回家都会给我们带小礼物，百变小樱是我小时候非常喜欢的，大姐姐有一次回家，给我带了两张大大的小樱海报，我高兴得不得了。那个时候大家都在用复读机听录音带，我家里也有一个，是银色的，收到海报的那天，我拿着复读机录道：今天姐姐给我带来了我最喜欢的海报，我好开心呀，谢谢姐姐……然后一遍遍重复听自己的录音，特别开心。大姐姐毕业后去了澳门工作，依然会一回家就给我们带礼物。

二姐姐芬小姐是一个乐观向上、努力工作的人，说实话，我觉得她是我认识的人当中，最最热爱生活的一个人。不论什么事情，只要她喜欢，

总会尽全力去做到最好。妈妈说二姐姐不算一个特别聪明的孩子，但是我们家里几个孩子，她是最用功读书的一个，初中开始常常复习功课到凌晨一两点，担心数学成绩拖后腿，就在数学这一科上费好大力气想把数学学好。我最喜欢的舞蹈也是二姐姐带我去学的，小的时候，电视里总是会播放小朋友的舞蹈比赛，我看得很羡慕，二姐姐看我喜欢就教我练习一些舞蹈的基本功。二姐姐是学校舞蹈队的，我们放学回家后，我最喜欢听她讲在舞蹈室发生的小故事。那时候，二姐姐常常参加一些舞蹈比赛，周末的时候，妈妈就会带着我们一起去看二姐姐跳舞。记得有一次演出的地点就在我们家附近，妈妈给我们准备了一些甜玉米带去看演出，当我看到二姐姐在台上穿着特别漂亮的演出服，化着特别好看的妆跳舞时，整个人都呆了。我目不转睛地看着姐姐跳舞，手里的玉米都忘记吃了，大概就是从那个时候，我对舞蹈也开始有了憧憬吧，梦想着有一天自己也能够在那么大的舞台上发光。

最后一个小姐姐Memi因为年纪和我差不多，所以四姐妹里，我们相处的时间最多。三个姐姐里，她是脾气最好的一个，长大以后我几乎都没有看到她发小脾气，Memi姐特别有耐心，心地也特别善良，我们小时候常常吵架，不过一般都打不起来。我们两个也很搞笑，明明很生气地盯着对方，但过不了几秒钟就会笑场，接着又像没事发生一样。有一次因为我打不过她，就用力把她的手抓破了，留下了疤痕。之后我特别愧疚，觉得姐姐那么好看的手，却因为我留疤了，所以我总对她说：“等我长大了赚钱了，就带你去把这个疤痕消除掉。”现在长大了，每次当我看到小姐姐手上的那个疤痕，就觉得那个时候自己真是不懂事。小姐姐也常拿这件事打趣我，偶尔会调侃一句：“你啥时候带我去消掉这个疤啊？”我只能转移话题：“煮夜宵给我吃吧。”小姐姐一般都是嘴上说着不煮，过一会儿就开始动身走向厨房，给我煮一碗香喷喷的面条。

我确实很幸运啊，有三个姐姐疼着我，我们的衣服都是可以互相穿的，好吃的东西也是互相分享。她们都是很善良、很美好的人。我是一个不擅长表达的人，我很少对家里人说我爱你们，因为我觉得太肉麻了，但是这次写书是一个机会，在这里我希望我的姐姐们开心，会遇到真心待她们的人。在我心里她们就是公主，她们值得这世界上最美好的一切。你们一定要幸福开心，因为你们幸福我就幸福。

陪伴，是一杯水

在这个世界上，我只是一个普普通通、争取当一个好孩子的女孩，每天乖乖吃饭，努力着早点儿入睡，希望自己不要熬夜，提醒自己多多锻炼，不要让身体变差。我学习着努力工作，努力做好自己的工作室，努力让自己每一天都以更好的状态面对阳光。在我努力的时候，给予我力量和支持的，一直都是陪伴在我身边的亲人和朋友。

我读书的时候念的是护士

专业，那个时候对将来工作的事情并没有想太多，只是觉得做护士可以照顾生病的人，帮助他们缓解病痛，是一件很好的事情。而且我姐姐就是一名护士，我小的时候，总听大人们说护士是“白衣天使”，每个女孩心里不都会有一个做天使的梦想吗？我想和姐姐一样也成为一名“白衣天使”。所以，我就理所当然地选择了成为一名护士的道路。

但是，进入学校开始学习之后，我才发现自己以前想得真是太简单了，做一名合格的护士可远远不是打针、量体温这么简单的。入学之前，只是看过姐姐工作的样子，就傻乎乎地认为这份工作很容易做，

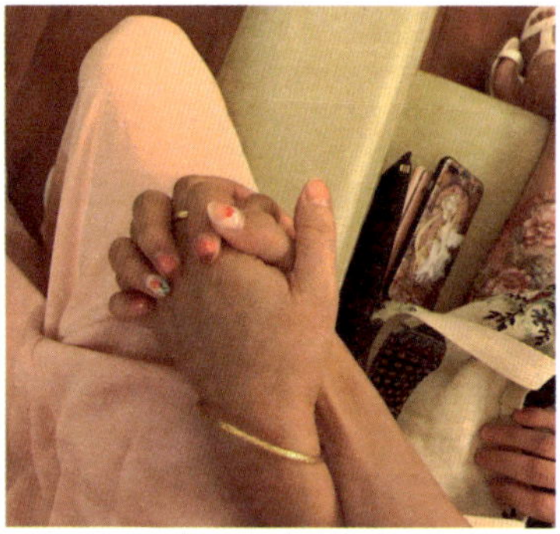

都没有虚心向她请教过护士工作的具体内容，就神经大条地脑补自己将来穿上护士服，成为一名真正的护士，为病人工作的样子。自己想得特别美，特别简单，结果，我就这么把自己扔到了一个大坑里，结结实实地自己坑了自己一把。

在学校里，除了基础的护理知识外，还要学习很多很复杂的事情，有些学习的课程在我看来还有些可怕，我觉得自己并不能胜任这个职业。

我最终还是选择放弃从事护士这个职业，虽然当时在心里依然觉得穿上护士服，成为一名“白衣天使”是很值得骄傲的事情，但我认真想过了，进入医院从事护士工作并不是我真的想要的。如果我仅仅是为了这几年的学习，就勉强让自己去做一份并不适合我的工作，不光是对自己，对将来我有可能要面对的病人，都是很不负责的。所以，在这里要和大家说，选专业一定要再三思考呀！不要像我这样草率地决定，让自己后悔。

经过一番思想斗争之后，我决定和家里人坦白，我和爸爸、妈妈聊了这个话题，他们听了之后，并没有多说什么，只是希望我自己开心，不要后悔今天的决定就好。现在想起来，我还是很感谢爸爸和妈妈在当时给我的支持和鼓励，他们并没有老生常谈，对我讲什么“女孩子要找一份稳定的工作”“女孩子不要三心二意，要脚踏实地”之类的话，他们只是告诉我只要我觉得开心，觉得是我想做的事情，那就去坚持，去做下去吧，只要我自己认真想好了，能够自己对自己负责就好。

身边有能够理解自己，并且支持自己的亲人真的是一件特别幸福的事情，每当我没有动力，或者垂头丧气的时候，想一想爸爸、妈妈给我无条件的鼓励，还有家人温暖的陪伴，我就重新打满鸡血，在我坚持要走的道路上，连滚带爬地、高兴地蹦跶着。

只是在我慢慢成长的同时，爸爸和妈妈也在渐渐地老去。有时候在饭桌上一起吃饭，本来兴高采烈的，一想到这件事情，我就会在心里偷偷地难过一下。可是拍拍脑袋，又觉得其实也没什么好难过

的，他们看着我成熟，我帮他们把变白的头发藏起来。

我在心里会开始更加关心爸爸、妈妈，注意到自己的一些话有没有让他们担心，留意自己的一些行为会不会让他们操心。虽然很多事情我都没能做到，没有做好，比如本来想吃完饭去洗碗，好好表现一下，让干了一天家务活的妈妈可以休息一下，可是又没办法控制自己不去玩手机、打游戏，最后，碗还是被妈妈洗了。或者有的时候也特别想嘴甜地说一些爸爸和妈妈爱听的话，在心里练习了几遍，但就是张不开嘴，觉得太肉麻，说不出口。

我不知道像我这样的人有多少，但我可以肯定的是，我们都想好好地关心爸爸、妈妈，我们在心里都知道他们为我们付出了许多，想要心疼他们，可是总觉得这么大了，还要和爸爸、妈妈腻歪觉得很奇怪，好尴尬。

有的时候我熬夜追剧，妈妈会说我好几次，让我早点儿睡；我的房间常常被我搞得一团糟，爸爸会一边帮我整理，一边在我耳边念叨，虽然我常常会不耐烦，说他们唠叨，但其实在我心里是很爱他们的，想要一直陪在他们身边，听他们每天唠叨我。

有时候我会想，老天爷安

排我们成为一家人，就是要让我们彼此陪伴，互相照顾的，在我饿的时候，妈妈会给我端上一碗我最爱吃的饺子；在爸爸无聊的时候，我会把网上看到的笑话念给他解闷；还有在回家的时候，看到家里的灯光亮着，就知道家里的亲人在等着自己，立刻就会觉得心里暖融融的。

家人对我来说就像一杯白开水，喝起来没有什么味道，但却是不可缺少的。不论我今后是不是会一直陪在他们身边，他们都是我最舍不得的人，每次听到那首《时间都去哪儿了》就会特别感动，特别想哭。“还没好好感受年轻就老了，生儿养女一辈子，时间都去哪儿了？还没好好看看你眼睛就花了……”

等爸爸、妈妈眼睛花了，我就给他们买最好的老花镜戴。我一有空就要在他们眼前晃悠，就算他们烦我，我也不管；我就是要在他们面前当一个弱爆了的小孩，让他们不停地念叨我，唠叨我。

宠物乐园

我很喜欢小动物，尤其是小猫、小狗，毛茸茸的，十分可爱的样子，看到它们我会觉得心里萌萌的。我原来养过一条狗，长得傻乎乎的，但实际上是很有心机的狗，每次它趴在我脚边撒娇的时候，我就提醒自己，哼，千万不要被它无辜的眼神欺骗了。

每次我从外面回来，它就会屁颠屁颠地跑来迎接我，跟我要好吃的。有时候，我要出去玩，它就趴在我身边装可怜，我不忍心看它可怜兮兮的样子，就会把它一起带出去。它特别喜欢坐汽车，每次出门坐车，打开车窗，它都会把脑袋拱出车窗外吹风，看它的样子简直惬意得不得了。

我养的第一只猫其实是个意外来客。我弟弟有一次出去玩，回来的时候，身后就跟了一只小猫。我弟弟说那只猫跟了他一路，一直跟到了家里来。那只小猫很乖，不凶人，就那么乖乖地蹲在地上，偶尔抬头低声叫两下。我们家里人商量了一下，觉得这只小猫挺好的，就留下了它，给它起名叫咩咩。

有了第一只小猫后，我慢

慢和猫熟悉了起来，觉得小猫很好玩。小猫和小狗的性格很不相同，本来我是很喜欢小狗的，觉得小狗很贴心，我回家的时候，它会趴在我身边和我玩，我出门的时候，它会目送我。但是，和小猫接触久了，我觉得小猫又乖巧又高冷的性格也特别好，所以，后来我又去宠物商店买了第二只小猫，第三只小猫……

小猫后来又生了猫宝宝，家里简直成了宠物乐园，猫咪和猫宝宝，再加上小狗崽，我每天和它们在一起，感觉不是待在自己家里，而是好像来小猫家里做客了。

我对萌萌的小动物总是没有抵抗力。有段时间，我很想养一只兔子，因为觉得兔子的长耳朵特别可爱。但是朋友告诉我，如果不勤快地为兔子做清洁卫生，兔子会很臭，我考虑了一下自己的勤劳程度，就放弃了养兔子这个念头。

很多人觉得养小猫、小狗很麻烦，要每天铲屎、喂食，还要时不时迎接它们撕咬带来的一些“小破坏”。其实这些真的都是很小、很无关紧要的

事情，小动物远比人类想象的要乖巧，它们通常都会很乖，很听话，偶尔闹一下小脾气，“无理取闹”地缠着你，也是因为主人冷落了它们，或者没有好好照顾它们。

我养的小猫、小狗都很乖的，我做事的时候，它们就静静趴在我身边，不会吵我。有时候我逗它们，它们也不舍得挠我，只是用它们肉肉的小爪子轻轻拍拍我的胳膊，就算我把手伸到它们嘴边，它们也只是“假意”用牙齿碰一碰，根本不会伤到我。

养小动物说简单，也没有那么简单，如果你决定养一只小猫或者小狗，你就要认真地考虑好是不是真的打算照顾它一生，是不是不论什么情况都不会抛弃它们，将它们当作自己的亲人。这是说起来容易，做起来可不是那么容易的事情。小动物并不是只要你把它们喂饱就可以万事大吉的，小动物和人一样，也需要你关心它，倾听它。

在我看来，小动物给主人的爱，远比主人给它们的爱多得多，因为对于小动物来说，主人是它们唯一的依靠。我很想更好地照顾我家里的小猫咪和小狗，它们来到我身边，我就要好好地真心待它们。

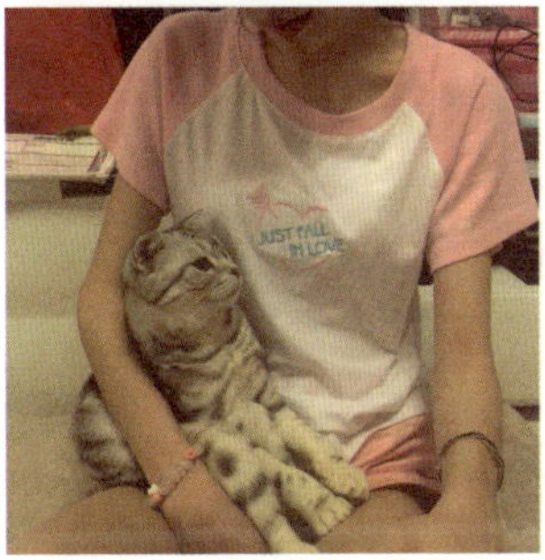
JUST FALL IN LOVE

我不管，我就是要去看世界

对于旅行这件事情，我总是满心期待，

想一想在地球的另一端，在大洋的那一边，

不久后的某一天，我会在阳光满满的午后，坐在那里喝咖啡、拍照、发呆。

每个人的心中都会有对未来的想象，

我喜欢的未来就是这样洒满阳光、自由自在的存在。

喜欢大海

可能是因为小的时候童话故事听多了吧，对大海总有一种特别的向往，觉得遥远的海平面上，真的会跃出人鱼公主。

长大了，知道童话都是骗人的，但是对大海的向往和喜爱，依然不减。光着脚丫子踩在沙滩上，海风吹起长裙，然

后我面朝大海，长发飘飘，想一想，就会觉得这画面美得让人心里万分激动。

对大海的喜爱就像是一种本能，从小就希望能够住在海边，每天听着海浪声，吹着海风，会让我觉得什么烦恼都被吹走了。站在大海边，会让我觉得特别放松，开心地玩沙子，踩着海浪奔跑，在海水涌上岸的时候，大声尖叫着、笑着跑开。不过妈妈说我小时候就是住海边，才会晒得这么黑，虽然我已经不记得了。

在大海边，就好像突然回到了遥远的小时候，无拘无束的感觉特别好。我以前常常挂在嘴边的话就是：“我要出去走走，我要去海边。”那个时候想，一定要把全世界的海岸线都走遍，一定要把每一处大海都看遍。

以前想要出来，只是单纯地想要到处走走看看，后来出门旅行，一半原因是出来看看，另一半原因是工作。在自己喜欢的美景中拍照，真的是件很不错的事情，可以把工作和生活融合在一起，我觉得是我目前比较享受的一种状态。

在决定写这本书的时候，我就想好要把自己的这种状态在书中讲一讲，我觉得不管怎么样，梦想不能丢。我常常听到有些人说：“小时候的想法，怎么能当真呢？”我真的不同意这种看法，我觉得小时候的梦想也是我们最真实的想法，既然有了这个想法，为什么不能坚持去实现呢？

小的时候，我希望走到各地的海边去看大海，现在，我长大了，我真的能够来到海边，实现我小时候的梦想，我觉得我看到的不是大海，而是我自己一直在坚持的生活。我的生活态度就是过自己喜欢的生活，做自己喜欢的事。

在大海边的沙滩上躺一天，听海浪声，和几个好朋友聊聊小时候，聊聊和城市生活无关的话题。在城市里生活，想要出去玩，无非就是那几个选择，吃饭、逛街、看电影……有的时候也会觉得很无聊，好像生活挺没劲的。所以，有机会就出门走一走，看一看这个世界上好玩的事、好玩的人，再回到原来的生活中，不让自己的生活变得单调，偶尔也要让自己的生活甜一点儿，自由一点儿。

走过天边的感觉

旅行的意义，大概就是让我们遇见更好的自己吧。

身体和灵魂，总要有一个在路上。

我经常看一些关于旅行的文章和故事，看到文章里写到的各种新鲜的故事和有趣的见闻，浑身的细胞就都不安分起来，特别想收拾行李走出家门，浪迹天涯去。“出发喽！”每次出行前，对着镜子大声喊出这三个字，就感觉神清气爽的，浑身上下充满元气。

旅行总是件让人兴奋的事情，去旅行不仅仅是给自己放个假，更是让自己做一个美梦，前往心仪已久的城市，让之前仅仅在网上和书上看到过的美景和美食，真实地出现在自己面前，那种感觉真的就像是在做一场无比真实的梦一样。

飞机起飞的那一刻，看着机舱外的陆地越来越小，那种感觉让我觉得自己好像在飞向天边，特别自由。我对旅行特别喜爱，因为觉得可以出去玩好玩的，出去吃好吃的，更重要的是，旅行总能带给我新鲜感，让我觉得明天的生活充满未知和刺激。

我是南方人，一到冬天就特别怕冷，因为南方的冬天阴冷阴冷的，家里也没有暖气，只能靠电暖气和空调取暖。这种季节，我就特别想去一个暖和的地方冬眠，但是去年冬天，我却选择去了北京。

本来是抱着被冻坏的决心去的，但是我的运气很好，我在北京待的那几天，天气很好，阳光也不错。我去了自己一直想去的故宫，终于知道了在电视上看到的那些清宫剧里的情节，原来真实发生的场景是在这里。

我觉得每一次出行都是一场惊喜，我们永远都不知道自己会在旅途中遇到什么，不过对于我来说，不管遇到什么，都是重要的回忆。在北京虽然只是短暂地待了两天，还有许多想要去的地方没来得及去看一看，但是也并不觉得很遗憾，想着下一次再来北京，自己是会去新的地方，还是会来一次故地重游呢？

每一次的旅行总能教会我一些事情，但是，让我来总结旅行的意义，我是总结不出来的。我只是想纯粹地享受旅行中走走看看的乐趣，陌生而有趣的事物总是能吸引我的注意力，我也一直希望有一天，自己的能力能够达到的话，就一路走下去，走到天的尽头去看一看。

出去旅行，能够和朋友一起做伴同去，也是很有意思的体验。去泰国和菲律宾的时候，我的姐姐陪我一起去的，我们在陌生的国家一起旅行，那种“相依为命”的感觉，让我们觉得彼此更亲近了。

在去泰国之前，我的选择困难症又犯了，究竟要带哪几个娃娃和我一起去呢？临出门前几天，我把自己心爱的娃娃都摆在桌上，看了很久也决定不下来应该把哪几个带出国。

旅行前，我总是会想少往箱子里塞一些东西，毕竟轻装

上阵，才能省一些力气，但每次到拉上箱子拉链的最后一刻，我总是不能控制地塞很多东西进去，那种感觉就好像是想要把和自己有关的所有东西都搬运到自己想要抵达的地方。所以，每一次出门整理行李，对我来说都是一项“耗时”的工程。

不过这些都是小事情，在路上的感觉会让我忘记一切烦恼。在泰国的时候，可以悠闲地坐在树荫下的石阶上，抬头打量天空中每一片云彩，在路边的小店里捧着一大碗杧果冰吃到肚子撑得不行，看着街巷里那些来来往往的人，猜一猜他们分别来自世界的哪个角落……

出门去旅行，最初的计划是希望能够走遍世界上没有去过的地方，去寻找好吃的水果，去探访有意思的风景，去身临其境地感受不同的人和事。后来由于各种各样的原因，总是将旅行的时间一拖再拖。虽然在心里安慰自己，不要紧，总会有更好的时机出去看更好的风景，但还是有些遗憾。所以当自己真的抵达了目的地之后，觉得一定要暴走起来，不能辜负自己。

对于旅行这件事情，我总是满心期待，想一想在地球的另一端，在大洋的那一边，不久后的某一天，我会在阳光满满的午后，坐在那里喝咖啡、拍照、发呆。每个人的心中都会有对未来的想象，我喜欢的未来就是这样洒满阳光、自由自在的存在。

谢谢生命中出现过的人

出去玩遇到来找我拍照的人，总是很开心的。她们会小心翼翼地确认我的名字，然后开心地拿起相机要和我合影。

我也很喜欢和她们聊天，她们都很可爱、有趣，晚上回到家后，在手账上记下偶遇的趣事，就像小学时候写作文那样，标上“今天有一件很开心的事情……”

平淡的小日子里，正是因为有了这些点点滴滴的“小偶遇”“小惊喜”，才让人感觉更加真实和特别吧。

素不相识却总是充满善意的人，能够给我满满的正能量。去年，我拍了一套写真，其中有几组照片是在水下拍摄的。当时为我拍照的摄影师小白怀了宝宝，肚子已经看得出隆起来了，她要和我一起潜入水底工作。当时，我很担心她怀着孕，还要拿着机器下水，

身体会不会吃不消，但是，她大大咧咧地说没事，自己完全应付得过来。

整个写真的拍摄过程大概有一个星期，我每天大概是早上九点钟去化妆、拍照，然后要一直忙到下午六点钟左右，我只是站在那里摆摆pose，就已经觉得很累了，但是拍摄团队的那些女孩子，她们每天要提前一两个小时去摄影棚准备，拍完之后，还要把所有器材收拾好才能下班回家。

因为拍照是我喜欢做的事情，所以在整个拍摄过程中，虽然感到有些疲惫，但我并没有觉得厌烦。折腾了几天，能拍出满意的照片，给自己留下一个美好又温暖的回忆，感觉特别好。

写真照片出来了，我看过之后觉得很满意，很感谢小白，如果没有她敬业工作，我也不会有这么完美的写真作品。当时在拍写真的时候，因为我总是抓不到拍照的那个最佳的点，小白就一个动作、一个动作地教我做，包括眼神怎么看，手往哪里放，特别细致。有好几次我都和她说，你怀孕了，休息休息吧，但是她都说没关系。为了帮我拍好照片，她尽心尽力。

拍完这组写真之后，我把照片放到了微博上，之后也没怎么在意，后来有一天，我去

上日语课，一个和我关系比较好的同学突然小心翼翼地发微信向我求证，问我照片上的人是不是我。

当时我反问道：“不像吗？哈哈哈——”

他连忙说：“像，像，像。”

这件事情，我觉得还挺好玩的。有的时候觉得，世界真的很大，在旅行的时候遇到聊得来的旅伴会非常开心，但是旅程结束后，各自分离时就会觉得再见一面大概很难。但也有的时候觉得，世界其实也蛮小的，不论是在现实的世界中，还是在网络上那个虚拟的世界中，我们都有可能重逢。

在命运中，与并不认识的人邂逅，有些人会驻足片刻，陪我走过一段路程，可是有的人，只是匆匆一面，便有可能再也不会见到了。所以，我总是很珍惜与素不相识但有缘分的人见面的机会，我觉得他们给我留下了各种美好的回忆。

生活本来就是很平淡的，电影中那些激动人心的情节基本不会在我们的生活中发生，既然大大的、夸张的幸福和惊喜这么少，倒不如多多留意身边小小的、柔软的幸福。在前往旅行目的地的飞机上，空乘贴心地提醒我飞机快要落地了，请系好安全带；在陌生的城市里兜兜转转，找不到路的时候，当地的阿姨热心地帮我指路；还有逛得太累了，坐在路边歇息时，途经的一个陌生人嘴角挂着的温暖的微笑……

这一个又一个的温暖瞬间，会让我觉得时光特别暖，每一次被陌生人给予的温暖暖到，我就想一定要做更好的自己，这样才能成为别人眼中温暖的“陌生人”。在我们的生活中，有人喜欢我们，但也有人不喜欢我们，有人会给我们贴上各种各样的标签，有人会对我们持有偏见，不够理解。

有的时候，会因为这些不理解和标签觉得有一点点委屈，毕竟他们看到的只是网络上的那个我，而不是真正的我。但是也不想去解释那么多，毕竟我们每一个人都有选择生活方式的自由，也有判断别人的自由，不需要去改变任何人的任何看法，别人的想法始终是别人的想法，和自己无关。

随着自己慢慢长大，见到了更多的人，看到了更美的风景，如今我已经学会了习惯生活，生活就是这个样子啊。人来人往，有的人会不由分说地认为你不够好，但是也有人会觉得你坦率、真实；有的人会跟你同行一段路，然后各奔东西；也有的人会与你匆匆偶遇之后，就再也没有交集。有十个人不喜欢你，但是会有一百个人爱你。

不管怎么样，我觉得每一个出现在我生命中的陌生人都是值得我去记住的，真的很感谢出现在我生命中的这些陌生人，你们对于我来说是礼物，也是回忆。我越来越相信，世上所有的相遇都有它必然存在的意义。我们每一个人走在属于我们自己的人生道路上，边走边看，风景一直在变化，身边的人也一直在离开。以前的我不懂得珍惜，因为那时候还不明白离别总是发生在毫不知情的情况下。

今后，我会认真地好好走下去。世界这么大，惊喜也那么多，我会用心记住每一个相逢的瞬间，也会认真祝福与自己分别的人。如果说在这个世界上我学会了什么，我想应该是好好与这个世界相处，好好与周围的人相处。

Hello，陌生人！如果有一天，我们在某个地方碰到，就让我们欢乐地拍张合影吧！

小宅，快跑

特别悠闲的周末时光，我会赖在床上和几个小伙伴微信聊天，给她们讲我前段时间旅行中发生的有意思的事情。她们会一边听一边笑我，都说我最近跑得实在是太野了，总是出去旅行。

我觉得隔一段时间就出去走走看看，是我最近这几年想要的一种生活方式吧。我希望未来的闲暇时间，都能够让我有足够的精力安排自己出去看看世界，能够约上好朋友一起当然是最好的了，如果没有人

陪，那来一场一个人的旅行也是蛮不错的。

在旅程中，让自己放松下来，去到一个完全陌生的地方，那种感觉真的特别奇妙。我对未来不会做特别严谨的规划，常常想一出是一出，所以我出去旅行，通常都是前一天晚上脑子一热，在网上看到了好美的风景，或者玩手机时看到了自己没吃过的美食，第二天就会忽悠朋友和我一起出行。

有时候，朋友会提醒我，她们说这个社会上坏心眼的人实在太多了，骗子遍地都是，而我又是一个出门不带脑子的人，万一出去被别人欺负了怎么办？

我当然是很英勇地不肯承认自己不够聪明了，还嘴硬说什么出了门，我整个智商都提升了好几个档次。其实，我自

己心里清楚，去一个遥远的地方，我常常摸不清楚方向，找不到要去的地方，听不懂当地人的话，那个时候，我心里的确是有一些发愁，也会自我怀疑，想自己是不是太笨了，为

什么一些看起来很简单的事情都做不好。

但正是因为这样，我才更想出去，想去做一个自由自在的、向远方奔跑的人，在陌生的地方发现美好的事物，在走了许多冤枉路之后，发现自己要找的地方原来就在最开始经过的拐角。我们要长大，总是要经历的啊，如果我永远只是在网上看着海滩的图片，想象大海有多蓝，那我就永远也不可能知道真正的大海到底有多美。

每当我坐在飞机里看着厚厚的云层，想象着云朵下的城市很快会留下我的足迹，心里就特别激动，简直想要背着降落伞立刻从飞机上跳下去。

说起来也是挺不好意思的，我是个患有重度拖延症的人，一件事情，从我开始想做，到真正去做，这之间的时间会非常漫长。从我想要出国去旅行，到我真的坐上飞机，我自己都数不清过了多久。刚开始有旅行的想法的时候，我就开始着手准备护照的事情，一个月，两个月，三个月……

护照依然是没影子的存在。

后来好不容易把护照拿到了，关于出国旅行的事情，我又是迟迟没有落实下来，当我终于拎着箱子上了飞机，又是过去了很久很久……

不管怎么说，我终于还是

按照自己的计划和想法，一步一步实现了自己的愿望。虽然我拖延症很严重，虽然我很懒，但是那又怎样，我最终还是来到了我的目的地，虽然时间可能比预计的晚了那么一些，不过，好的风景，不怕晚。

因为一直以来对日本的文化很感兴趣，想要去日本自由行。为了能够玩得更畅快，我专门报了学日语的辅导班，想要强化自己的日语口语能力，以便让自己去到日本的时候，能够进行简单的日常沟通和交流。

刚开始的时候，我还以为简单的日常用语不会很难，只

要勤奋地学习几天，多做做笔记，回家练习练习就能学会，但是我又一次被自己的蠢给坑了。学日语对我来说真的是太难了，而且当时报日语班的时候，我为了早起并戒掉熬夜的毛病，还专门报了上午九点多的那一堂课。

报班之前，我想象得特别美好，我可以在前一天晚上早早地入睡，第二天一大早起床，神清气爽地吃个早餐，然后精神抖擞地去上课。悲惨的事实一次又一次向我证明了，想象有多美好，结局就有多潦草。我每到上课的那一天都会纠结万分地在床上变换几十种睡姿，才艰难万分地从床上滚下来，而且还是蓬头垢面，眼睛也睁不开的样子，别说吃早餐了，跑着去坐车，赶到学校上课的时间都快不够了，刷牙的时候会在心里不停地骂自己当初为什么要报上午的班，真是脑子进水了。

可是没办法，自己往脑子里灌的水，自己哭着也要忍下来。

和学日语同样漫长的还有考驾照的过程，我很早就报了驾校，想早一点儿拿到驾照，开车去兜风。自己开着车，带着我家的小狗，还有家人、朋友，去郊外野餐，去远行自驾游，想一想就觉得好拉风。但是，自从报名学开车之后，我的拖延症便又开始发作了，别人一两个月就拿到了驾照，我过了两年的时间，连第一门考试还没参加过。

类似这样的事情实在太多了，我在心理上是一个如同龙卷风一样快速的人，但是我的身体诚实地告诉我，我是一个大懒人。不过我还是挺想得开的，虽然我行动起来很不给力，但我最终还是实现了自己最初设定的计划，这就很棒了呀。

反正我还很年轻啊，世界虽然很大，但是我还有更长的时间去慢慢走，慢慢看，不要那么着急，就这么愉快地一路走下去。中途会偷懒，会停留，也许会赶不上别人的步伐，不过，我觉得这些都不重要，有什么关系呢？我只要选择了自己喜欢的生活和路线，走得快一点儿，或者跑得慢一点儿，只要是我喜欢的，我觉得都值得我慢慢欣赏和享受。

我看过几米的一本书，在书里，几米写道：“对我而言，生命的变化虽然太大太快，但每一个模糊的开始，都可能充满着无限美丽的期待。”对我而言，世界这么大，我就是要去看一看自己够不到的生活，我要去走一走可能走过一次之后再也不会走的道路。

林小宅，加油！快跑！还有那么多想去的地方没有抵达呢！

林小宅，不要着急，再美的风景也要一样一样地去欣赏。

贝加尔湖畔

2016年的10月，我和朋友去了俄罗斯，起初和朋友商量着到底要去哪里拍照时，小鹿说不如我们去俄罗斯吧，贝加尔湖边那么美，我们可以拍很多很好看的照片。就这样，我们订了机票，慢慢等着10月份的到来。

那是我第一次去俄罗斯，飞机降落在伊尔库茨克，很难记的名字，我在那里待了差不多4天的时间才记住。出发的飞机是凌晨起飞，因为想要省点儿钱，买了廉价航空，心里觉得晚一点儿飞也没关系，等我们到了俄罗斯，正好是早上的时间，有一整天可以安排行程。

伊尔库茨克的机场特别小，没有商场，只有安检人员的柜台，过了安检就是伊尔库茨克的大马路，从机场外面看起来，蓝色的房子，更像是一所学校。

从机场去酒店的路上，小鹿一直嘀咕：“这里的房子真好看，好像国外哦……”

我笑她：“这里不就是国外吗，哈哈哈——”

俄罗斯的天气真的很冷，才10月份，我裹了两层毛绒裤，穿了最厚实的外套，还是冷得直打哆嗦。整座城市灰扑扑的，风一直吹得呼呼响，商店里卖的大多都是保暖衣服，真毛做的蒙古帽，还有毛茸茸的雪地靴。

虽然一夜都没休息好，但是去酒店的路上，我一点儿困意都没有，一直看着车窗外的景色，到了酒店，见到了老板Alex，他是中国人，一直在俄罗斯做旅游业，我们在来之前就和Alex联系过多次，向他咨询和住宿相关的一些问题。因为我们说过想吃米饭，Alex还专门为我们买了一个新的电饭煲。

短短的几日旅行，我们和Alex相处得很愉快，他人很热情，我们有什么问题，他都尽力帮忙解决。后来我们回国了，Alex还一直希望我们可以去看贝加尔湖的蓝冰，我们也答应了他，来年的1月份一定去看一看。

旅行最大的乐趣不在于看了多少美景，尝过多少美食，而是在这不断行走的过程中，有哪些人会永远在你的记忆深处留下不可磨灭的印记。

俄罗斯之旅的行程安排得还算悠闲，让我记忆深刻的是前往贝加尔湖的那段公路特别颠簸，我们的车开了两个多小时，我被颠得胃都快吐出来了。抵达目的地之后，我们要在那里住两个晚上，我们选择的是民宿，是一个老爷爷的小木屋，民宿里还有一个负责做饭的阿姨。

民宿的院子很大，两只特别肥、特别大的猫懒洋洋地躺在院子里，它们不怕陌生人，见到我们也不躲，其中一只猫还在我脚下蹭来蹭去，我抱它起来，摸它的头，挠它的下巴，它就眯着眼睛，发出“呼噜呼噜”的声音，后来还趴在我腿上美美地睡了一觉。

我们住在小木屋的二楼，能够看到天边很美的夕阳，阳光把这两天的沉闷都冲洗掉了，我喜欢阳光，哪怕只是夕阳，哪怕只是一点点……

和我同行的小鹿是一个温柔又执着的人，她说话声音特别慢，特别温柔，我常和她开玩笑：“你讲话真的太温柔了，有的时候我都听不清你在说什么呢。”

小鹿：“那你是没有看见我骂我男朋友的样子。”

我：“怎样？”

小鹿气势很足：“我很凶的。”

我哈哈大笑：“这话你说

出来真的太违和了，什么时候凶给我看看吧。”

小鹿不理我，催促我赶紧去外面拍照片，小鹿总让我在拍照的时候注意眼神，让我眼睛里要流露出感情，这对我是一个不小的挑战，也算是一次学习的机会。

小鹿看到好的景色，就会赶紧招呼我过去：“这个树好看，你快点儿过去，来来来，看我，

看我，眼神眼神，不能笑！不准笑！要忧伤的表情。”

我一头雾水地问她：“什么忧伤，我不会啊，怎么办？”

和小鹿打闹着，一天很快就过去了，晚上回到房间里，小鹿认真地选照片，她觉得每一张都很好看，我心里觉得她一定是在安慰我，因为我怎么也进入不了状态。不过之后几天，我觉得我慢慢进入了拍照的状态，能够配合小鹿拍出许多风格的照片。

在贝加尔湖拍的照片和我以往的那些照片都不同，这里的美凛冽而辽阔，给人的冲击不仅是视觉上的，更是心灵上的。下次如果有机会再来，我想

要挪出更多的时间来享受这里的时光，慢慢地看，慢慢地走。带上一些面包，一些水果牛奶，和朋友坐在美景中聊天、发呆。

因为一直生活在南方，我从没见过雪，在伊尔库茨克，我第一次看到了下雪，一天早上八点钟，我起床拉开窗帘，看到薄薄的一层雪落在屋顶上、大地上，雪白雪白的，虽然只是下了很少的一点儿，在太阳出来后没多久就融化了，但是对于我来说，算是这一趟旅行中一个意外的小惊喜。

旅途中总会遇到很多麻烦，也会有很多的幸运，如果可以我希望一直走下去，看到更美的雪花。

向日宅物

还没长大的时候，看着大人们忙来忙去，

自己并不真的懂得他们在忙什么，

只是单纯地觉得长大真好，可以做那么多看起来很厉害的事情，

所以心里隐隐地也会盼着长大，想做一个厉害的大人。

一点儿也不可爱

常有人问我："小宅，你为什么叫小宅啊，你的名字好可爱啊。"

因为我以前的一个同学喜欢叫我阿宅，我以前用的网名就叫作阿宅不宅家（现在想一想这个名字，觉得好羞耻），因为那个时候喜欢和同学一起出去玩，特别不宅。但是现在工作以后，周围的朋友个个都要朝九晚五地去上班，我大多数时候就只能一个人宅在家里自己玩自己的，就变得真的很宅了。所以只要朋友有空我也有空就一定要约上见一面！

还有人问我："小宅，你每张照片都好可爱啊，你现实生活中也是这样的吗？"

很认真地讲，我觉得自己一点儿也不可爱啊，现实生活中的我有点儿懒，记性也不大好，还有点儿拖延症，是个胆小的幼稚鬼，喜欢看悬疑的故事和电影，可也因为吓人的场景，怕得不敢一个人睡觉。

我常给自己制订一些计划，希望自己能自觉地做到，但是每次都是决心下得特别笃定，真的要去做的时候就犯懒，还总给自己找借口。我经常说自己：我再熬夜我就是狗！

所以有的网友也会叫我：林小狗。

我窝在家里看到感人的电影，能抽掉半盒纸巾擦眼泪，虽然明明知道剧情都是编的、是假的，但就是忍不住为剧情里的人物跌宕的命运操心，因为我的泪点真的低到爆！我也可以每天都看男神，把手机屏幕、电脑屏幕都换成男神的头像。会下一些网上的小软件，把我和喜欢的男主角PS到一起，虽然明知道是假的，可是依然会高兴得心花怒放。

还有一点，我的反射弧算是比较长的。我有一个好朋友，因为意气相投，所以我们关系很好，常常一起玩，没事的时候就微信聊天。她是一个大眼睛的氧气美女，但是因为她很喜欢吃面包，所以朋友们总是喜欢叫她“面包”。

面包是我读书时候的同学，而且我们曾经是坐前后桌的同学，但是读书的时候，我和面包的关系只是一般般，算不上特别好的那种，两个人下课后没什么交集。当时的我也不会想到，自己有一天会和面包成为这么要好的朋友。

风平浪静地毕业了，和面包慢慢熟悉了之后，面包才告诉了我一个“秘密”，原来读书的时候，她还对我产生过一点儿小误会，虽然我真的一点儿都没有感受到。

我和面包两个人之间的误会，因为我过长的反射弧，完全在我不知情的状况下发生了。如果不是面包之后告诉我，我觉得我可能永远都不知道我们两个之间还会有这么一个误会存在。不过，面包真的是一个特别善良、特别好的女生，和她熟悉了之后，我特别喜欢她的性格。

后来，我们越玩越好，有一次，我请她来我家里吃饭，我爸爸、妈妈特别好客，做了一大桌子的菜请面包吃。我爸爸不停地给面包夹菜，搞得面包特别害羞，一个劲地吃饭，都没怎么说话。我和面包的家离得很远，几乎一个月才可以见面一次，所以我会很想她，想把好吃的好玩的都分给她，因为她真的是一个很好的女孩子。

准备要写这本书，我问面包我们之间有没有什么特别好玩的事情发生，可以让我写到书里来的。面包认真地回答我：“我们哪有什么好玩的事情啊，每天就是逛街、吃东西、聊八卦啊，我们很堕落！”

不过，面包说得也的确挺对的，我每天的生活其实并没有什么好玩的，偶尔和朋友出去吃个饭，做做指甲，或者一起聊聊八卦，如果自己待在家里的话，就在我的小房间里拍照片，整理衣服，或者追剧。不过，我觉得我现在的生活也是蛮幸福的，没什么特别需要我操心的事情，有喜欢做的事情。

这就是我喽，是个能为一丁点儿小事情就高兴得不得了的人，是一个和朋友出去吃一顿烧烤、火锅，就觉得生活特别美好的人。

我会搜罗一些好玩的东西，买回来和朋友一起玩。有一次，我买了一个充气装备，把自己塞进去之后，就像一个日本相扑运动员一样，圆乎乎的，走路都东倒西歪的。我超级喜欢这个装备，觉得穿上以后自己就像一个肉丸子，总是拿出来玩，还拍了视频放到了网上。我还会买那种白色的马头，真的是一个马的头，我套在自己脑袋上，去外面拍视频，旁边的人看到我的样子都觉得很搞笑，但是我还是要装作很镇定的样子，在那边演来演去。

有的时候，我还会莫名其妙做一些自己也不知道为什么会做的举动，然后，自己都会被自己给蠢哭。某一天，我想要把我的手机卡从手机中取出来，不要问我为什么，因为我早已经忘记原因了。然后，我就开始寻找可以把手机侧面那个小小的窟窿给捅开的工具，这时，我瞄到了餐桌上的牙签盒，于是，我便伸手拿出了一根牙签，慢慢插进了那个小小的窟窿里。最后，牙签成功断在了那个窟窿里，而我彻底傻眼，不知道该如何补救了。

我把手机拍照，放到微博上，本来是想向万能的网友求助，如何把断了的牙签弄出来，但没想到大家纷纷点赞，说我给手机粘的钻好好看，我看到网友们给我的留言和评论后一时无语，也是醉了，哈哈！

我就是这么一个有点儿稀里糊涂，有点儿宅，喜欢和朋友一起出去玩，也喜欢自己一个人窝在家里，爱臭美的普通女孩。我喜欢开心的事情，讨厌让人心情不好的事情，我喜欢自己平平淡淡又很美好的生活，也很喜欢现在这个普普通通，但每天都能过得自由自在的自己。

做世界上最好的自己

特别想分享一段话，是我在网上看到的，看到之后就好喜欢，记了下来：

我会遇到想遇到的，
幸福我希望幸福的，
忘了去记得美好的错过。

每个人，都生活在自己的世界中，平凡又单调。有的时候，在公交站等迟迟不来的公交车时，也会无聊到想要旁边突然冒出来一个大帅哥和自己搭讪；有的时候，做着手头烦琐、枯燥的工作时，也会忽然异想天开，假设自己走了狗屎运，突然中了五千万的大奖，然后立刻辞掉工作去周游世界。

可惜，这些轰轰烈烈的故事只能发生在我们的洒狗血的想象世界里，生活总是平淡的今天、平淡的昨天，临睡前都不用想，明天也会和今天一样平淡。

可是，平淡的生活中也处处是乐趣，阳光正好，微风正好，今天的妆化得正好，不用匆匆赶着去上班，还可以趁机发微信调戏一下正在办公室里忙工作的朋友，听她们气急败坏地抱怨，简直是“太有乐趣”了。

有一天，我做了一个很长、很美的梦，梦里的自己特别开心，觉得整个世界都是暖的，像加了滤镜一样好看。就这样笑着醒来的时候，阳光透过窗帘，洒在我身上。我懒洋洋地伸了一个懒腰，在床上打个滚，慢悠悠地起床，光着脚踢开地板上的各种杂志和衣服，打开冰箱，里面塞满了牛奶、各种零食，我闭着眼睛拿了一样出来，哇！真好，正好是我爱吃的水果。

新的一天就这样心情美美地开始了，嘴里叼着牙刷，打开手机，看看朋友圈里大家都发了什么好玩的事情，一边刷牙，一边笑，新的一天就这样愉快地开始了。洗漱完了，外面的餐桌上摆放了妈妈做的早餐，吃完饭就去忙工作，晚上还有朋友约着一起去吃饭、逛街。这样的生活说不上有多完美，却是我心里最好的。

我就是喜欢我现在的生活，也觉得现在的自己挺好的，虽然爱睡懒觉、爱熬夜，可是我不需要早起赶公交上班啊；虽然不太会和陌生人打交道，也说不出什么很好听的场面话，可是我的朋友都真心待我好啊；虽然我不够文艺，憋不出什么有水平的段子，可是我在微博上的粉丝总能从我发的微博中得到快乐啊；虽然我瘦得只能穿最小码的裙子，可是我大口吃肉也完全不用担心会长肉啊……

我想说的是不要总是觉得别人的人生比自己的好，不要看到别人做什么都觉得比自己好，就想要去模仿，其实在别人眼中，没准也会觉得我们的生活更值得羡慕呢。每个人都只能看到别人光鲜的一面，可是谁也不知道别人难过的时候是什么样子的，没准你羡慕的那个邻居，昨晚因为工作的事情刚刚大哭了一场；也没准你眼红的那个同事，正在为家里的琐事特别烦恼呢。

我觉得羡慕别人没有用，努力做最好的自己才是重要的。多在日常的生活中为自己找到一些乐趣和消遣，自然就能够从中发现生活的美好，也能够发现自己原本并不了解自己有多好。就拿我来说吧，如果我没有举起相机，爱上拍照，可能我就不会发现在我的身边，会有那么多微小可是却很美的细节，这些快乐都是无法用金钱来衡量的，比起挣了多少钱，吃了多高档的餐，我们能够在我们平常的生活中发现一点一滴的小幸福，这本身就是特别理想的生活状态。

在我看来，做最舒服的自己就是最好的自己，没必要为了别人眼中那个完美的自己去强迫自己做不愿意做的事情。

美好的生活就是每天追着阳光跑，身体健康，家人快乐，朋友欢快，每天还能有让自己心满意足的消遣。

在互联网上淘各种喜欢的书是我日常的消遣之一，不知道从什么时候开始，觉得睡觉前能读几页书，看几个自己喜欢的故事，或者在枕边放一本自己喜欢但还来不及读的书入睡，都是很幸福的事情。我喜欢高木直子的书，看到她画的一个又一个日常故事，总能把我感动到；也会看一些悬疑的、带点儿恐怖的故事，虽然看的时候也有点儿害怕，但还是忍不住想要看到结局，会体验到自己生活中无法体验到的刺激和心跳；有时候心情会莫名地低落，就会买一些灌鸡汤的书看一看，权当是自己开导自己的药方啦。

我买过一本摩西奶奶的书，因为很喜欢这个美国老奶奶画的画，就在网上购买了一本她的自传，里面有一段话给了我挺大的鼓励。

“我努力地享受着生命的每一分、每一秒，我渴望能够从生活中得到更多，比如一颗露珠、一片雪花、一朵云彩、一阵微风……这些都是生活赠送给我的礼物，我欣赏着每一天不同的风景，将它们画在我的画中，我觉得这就是我最好的生活，每一天都比昨天更好……

“一直以来，我都对生活抱有感恩之心，我坦然地接受这一切。在结婚前，我一直做着女佣的工作，我能够将一切活计做到最好，但凡是我打扫过的地方，干净得就好像被水洗过的蓝天。在我结婚后，我在家打理家务、照顾孩子，为了能够让孩子的生活有所改善，我学习制作黄油、出售薯片，我努力地尽着自己最大的能力，让自己的生活能够向着更好、更圆满的方向发展。

“有时也会觉得有些辛苦，但我的心里却感到满足。生活并不容易，但它是真真实实掌握在我们自己手中的，我们能够让它变得更美好，只要我们愿意去这么做，并相信生活是善意的。”

有一天，看到有人在我的微博上给我留言，说：“小宅，总觉得自己不够好，不开心。”我不是很会安慰人，也不会“炖鸡汤”，所以，我想把我看到的这段话分享出来，希望我们一起干了这碗“鸡汤”，然后让我们的人生鸡血满满。

梦想太多了怎么办

好怕别人问我梦想是什么，关于未来有什么打算，对于将来有什么阶段性的计划。我是一个不太会规划自己的人，也实在懒得去想将来好多年以后会发生什么事情。对于我来说，只要眼下的每一天都高高兴兴的，能做自己喜欢的事情，和自己喜欢的人在一起就足够了。

在很小的时候，心里关于未来也有很多不明确的想法。我的脑洞从小开得就比别人大一些，我觉得这是天生的，可能每个人小时候都觉得自己是与众不同的吧，后天我虽然努力地想把那个洞补上，可是结果适得其反，就是脑洞越开越大，导致我成天异想天开，总有一些稀奇古怪的念头。

我想过要当警察，看到电影里的警察总是一副帅帅的样子，就很羡慕，想象自己也能和他们一样追捕犯人，一定很刺激；也想过当画家，坐在画板前面，画出整个世界，那种感觉也一定特别棒，我就是想什么都试一下。

还没长大的时候，看着大人们忙来忙去，自己并不真的懂得他们在忙什么，只是单纯地觉得长大真好，可以做那么多看起来很厉害的事情，所以心里隐隐地也会盼着长大，想做一个厉害的大人。

后来，再大一些懂事一些的时候，就希望有一天能够自由自在地做自己想做的事情，觉得自己决定自己的人生，才是自己想要的未来。

不过，长大了之后，觉得这个世界上自己想做的事情太多了，想要好好工作挣钱，又想要跑出去玩，去看没见过的风景。我有一阵子特别热衷于旅行，总是在心里不停计划着等工作告一段落，就要去哪里旅行。那时候，我一有空就不停在网上搜索热门的景点、最好吃的美食，每天都想要拖着旅行箱去浪迹天涯。一和别人聊起旅行的事情，自己就莫名其妙兴奋得不得了，好像第二天就要出发似的。

我还特别喜欢跳舞，后来我去找了一家学跳舞的舞蹈教室，报名了一对一课程，认识了毛老师，我觉得我应该是舞蹈学校里最大的孩子了吧，但是老师对我超级好，她希望我一周可以见她一次，但是由于工作问题，不能按时去上课，老师也不会怪我，反而会问我最近在家练习了没有。上毛老师的课很开心，也不会有很大的压力，对于一个舞蹈老师来说，她实在是太温柔了，因为老师希望我学得开心，不要载着那么大的压力去上课。在压腿的时候我们会聊天，老师分享有趣的事情让我减轻痛觉。

喜欢之外，还因为想锻炼身体，因为总是对着电脑，拿着手机，时间久了，我觉得我后背有时候会疼。让我去锻炼身体，我又懒得动，跳舞的话，我还是蛮有兴趣的，不但能锻炼身体，还能满足我的舞蹈梦想。

还有一段时间，我对美甲特别痴迷，看着各种美丽的图案，想象它们被画在指甲上的样子，一定是美美的。可惜，我只有十个手指头，就算每天都画新的图案，那么多好看的样子，也没办法让我都画到指甲上。所以我萌生了自己开一个美甲店的想法，这样就可以每天做好看的指甲，满足我的爱美之心。

但是，朋友给我泼冷水，说想要开美甲店，自己的美甲技术一定要特别好才行。我做指甲的水平显然远远不够，别说做美甲店的老板，就是去给美甲店打工，别人也不会要我的。但是我认为只要是自己真的想做的事情，就算困难再多也不怕，总有办法把这些困难一一克服掉的。

人生就是一场旅行（我忍不住又要抒情了，为了写这本书，我每天都在思考人生的意义中度过，特别深沉），走到一个新的目的地，看到自己特别喜欢的风景，当然就会想永远留下来，这是无可厚非的。就像我去泰国、去菲律宾，站在海滩前，迎着海风，听着海浪声，觉得自己是一个特别帅气的风一样的女子，但是，几天之后，我还是要收拾行李，回到家里，然后准备下一次旅行。

我觉得在人生的不同阶段，我们对于未来都会有不同的理解和梦想，我从来也不会觉得自己的梦想太多了，因为我觉得梦想多了没关系，如果没有梦想，整天只是想着怎么加班，怎么挣钱，那才没劲呢。

因为很喜欢看日本的动漫和电视剧，就很想去日本旅行，所以我报名参加了日语班的学习。班上的同学大多和我一样，都是日漫迷。我想要了解更多的日漫，也想将来有一天去日本旅行时，不至于抓瞎。我们下课休息的时候，常常在一起聊天，我觉得和他们聊天很开心，因为他们都是有很多梦想的人，我们会互相分享彼此的梦想互相鼓励彼此的成长，这种感觉特别棒。

说到学习日语，我就想到我刚上日语班的时候发生的一件糗事。那时候大概是刚上了两节课，我刚开始学习日语，发音不是很标准，说得也是磕磕绊绊的。教我日语的老师是一个白白胖胖的中年男人，他点名让我起来念课文。我读得很不好，就连我自己都有点儿听不下去了。这个老师就在课堂上说我的发音，他说我还不如他七岁的女儿读得好。

不过，我也没有因为受了点儿打击就放弃，只要有时间还是会坚持学习，现在的日文水平比起刚开始学的时候有了点儿进步，不过真的要是想在旅行中派上用场，我觉得自己还得继续努力才行。

关于未来的设想，总是会有一些新的变化，我对将来有一个朦胧的方向，可是也可以包容一切可能性。我自己也不确定在某个不确定的时刻，我会不会为了更喜欢的事情，暂时停下现在手里要做的事情。我能确定的只有，我愿意为了一切值得的梦想，付出一切努力。

就算长大了，也要做自己喜欢的样子

我不是一个野心勃勃、想要拯救全宇宙的人，或者可以说，我不但没有野心，反而还是一个懒洋洋的、成天想要无所事事、浪费时间、浪费粮食的人。我从小就不是一个发愤图强的孩子，每天最爱的事情就是早上睡懒觉，晚上躲在被窝里偷吃零食、看漫画。幸亏我的爸爸、妈妈也从来不指望我成为我们家族的骄傲，从小就是放养型，所以我也就这么稀里糊涂地长大了。

从一开始玩微博，玩快手，到现在做直播，经营自己的网店，我一天天在成长，也一天天在成熟。我知道自己会成为更值得被喜欢的自己，也知道自己不用去讨好任何人，不需要去取悦任何人，我只要做自己喜欢的样子就好了。

一开始，在网络上面，发自己的动图时，我总是发一些比较萌、比较可爱的表情，没有什么剧情，也不讲话，所以一度有人以为我只是一个好看的哑巴，因为我是一个没有段子的人，所以只能做点儿表情。刚开始的时候，纯粹只是喜欢玩快手，觉得很有趣。可是后来，微博上的粉丝慢慢多了起来，他们会在我的动图下留言，会向我打招呼，会艾特我，我发的动图转发量每天都在增加，我分享的一些小心情、小情绪也会有人不断地回复。

有的时候，几天没有更新，就会有粉丝不断留言催我，这个时候我才意识到，自己在网络世界里，已经被许多人默默关注起来了。每一条微博下，都会有许多的评论，每天打开微博，看到那么多不认识的网友和我打招呼，问我问题，好像把我当作了他们身边

的一个朋友似的。说实话，那阵子，我发现自己还是有些焦虑的，本以为在网络上可以自由自在地搞怪，不会有人关注，可是没有想到并不是我原先想的那样子。

微博的粉丝多起来之后，我渐渐有点儿不敢随心所欲地发动图了，心里会有一点点顾虑，担心拍的照片不好，会被人笑话，也担心视频中自己有什么出丑的地方，被大家转发出去，当作笑话看。但后来，我慢慢地发现，大家对我很友善，他们接纳和包容我的一切举动，我也就慢慢放开了自己，除了发一些可爱的视频，也会发一些搞怪的、无厘头的视频。

最开始玩微博的时候，也就是觉得新鲜，注册一个玩玩的，但是没有想到，在微博上会有那么人关注我，他们会因为我的开心而开心，会因为我文字中流露出的一点点蛛丝马迹的小烦恼而关心我……

我也愿意和网络世界另一端的陌生朋友分享我日常生活中的一些小乐趣，那些平凡的、普通的小幸福，我觉得可以带给人不一样的小温暖。在微博上这么久，发一些自己喜欢的照片，写几句无关痛痒的生活琐事，看到评论中那么多人的关心和支持，会觉得生活很有趣，也很快乐。我觉得这样挺好，每天开开心心的，不管现实多让人灰头土脸，我也只做自己喜欢的样子，只去做自己喜欢并且愿意去做的事情。

在学生时代，我就悄悄地在本子上列过一个清单，上面写满了我想要做、想要实现的事情，现在回过头来数一数，虽然实现的也没有几条，有点儿沮丧，但还是有做到的嘛！这样一想，又开心了起来。

这两年去了许多地方，看了不同国家的风景，很开心！

认识了许多可爱的新朋友，很开心！

去看了喜欢的偶像的演唱会，很开心！

买到了可爱的手办，很开心！

……

我觉得人生就是这样子的啊，总是需要自己去亲身感受，自己去走自己的人生道路，没有什么人能替我们做决定，也没有人能替代我们过我们自己的人生。所以，生活中的一切，不管是欢乐，还是风雨，我们都要自己去承受。

我们口中一直在说的成长，一直在说的长大，我觉得就是越来越能欣然接受自己原本的样子，不会为了别人去改变成自己不喜欢的样子。长大总是要付出代价的，可能会为喜欢上一个永远不会喜欢自己的人而独自悲伤，可能会在陌生的城市想念妈妈做的饭菜，也可能受到了挫折才想起爸爸以前唠叨的那些话竟然是那么有道理……

我在一本书上看到过一段话，自己很喜欢：“有的时候不愿意说话，不是担心对方听不懂，而是分享也无用。遇见挫折时，与其叽叽喳喳说个不停，不如做点儿喜欢的事分散一下注意力，出门逛个街，看场好电影，或者干脆倒头睡一觉，怎么都好。当你遇见问题不再慌张地四处求救，而是气定神闲地继续自己的生活，才是真的长大了。管你风雨，我有自己。”

我很喜欢这段话，我曾经也害怕过，担心自己没有肌肉的胳膊担不起我想要的生活，但现在我明白了，没什么好怕的，也没什么好紧张的，有些事情就是值得去放手一做，就好像在年少的时候，我们特别喜欢一个偶像，收集这个偶像的明信片，使劲攒钱想要去别的城市见一见偶像，但由于各种原因，最终也没能和偶像见一面。长大了，在电视上再看到偶像时，依然不会后悔那时候那么倔强的那份喜欢。

即使在长大以后，你没有过上你想象中那样光芒万丈的生活，也不要灰心，看到周围的人比自己有更好的工作，看到他们能在朋友圈里晒四处旅行的照片，而你只能窝在格子间里加班时，也不要沮丧。慢慢来，有时候你觉得自己是丑小鸭，可实际上，你是最好的自己。没必要和别人去比较，在我们周围，总有人比我们潇洒，总有人比我们吃得好、穿得好，但这些都不重要，我们没必要为了生活，去做违心的自己，没必要为了更好的生活，去做那些我们不爱做的工作和事情。

其实，就这样单纯、简单地做自己挺好的，我希望我们都能成为时间里永远不会沧桑的孩子，不会被时光KO。

♡ 最后的感谢信 ♡

其实，这本书可以出版我真的很开心！

我希望能尽自己最大的努力去做好这本书。

希望你们会喜欢这本自言自语的书。

希望我的一点点小故事能让你们觉得有趣。

在这里，我要感谢很多人——

首先，要感谢白丁老师给我这样一个机会。

其实我到现在还不敢相信自己能出版一本属于我自己的书，所以我真的非常感谢白丁老师！♡

其次，感谢小晴帮我修改文稿。

是你，让我的文字更加通顺。

还要感谢书里出现的所有人，是你们的出现，我的世界才变得这么有趣！

最重要是感谢你！没错！就是正在看这些文字的你！

谢谢你的支持！谢谢你看到最后！♡

我会好好加油！

以后的日子我还要努力地走下去！

2017.9.13

♡小宅♡

♡感谢每个小天使♡

我收到了很多网友送给我的画，，
与其他礼物相比，这对我来说就是最好的礼物了！
我觉得画画是一件非常开心的事情，同时也需要
很大的耐心，所以真的很感谢给我画画的
你们！因为内容有限，所以我就选取了其中的
一部分，但你们寄来的每一张我都很喜欢！
谢谢你们！谢谢你们的作品！

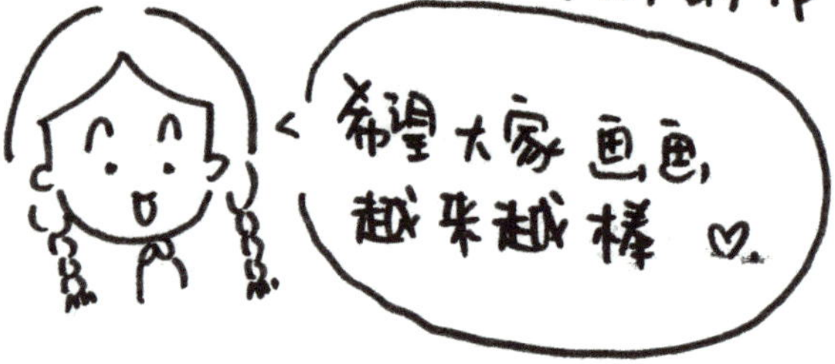

世界第一美少女

2017.5.14